目次

第二十八回
我願意

衝一發，你……
沒事了，我們下去吧，抓好。

妳先下去吧，天機之女。我先去一下廁所等等再來找妳……
衝一發？

一段時間前……
這裡……這裡是哪裡？
等等……我記得……
我剛才不是被……

你剛才被我咬了一口。
哇！不要吃我！
我沒有要吃你的打算。
我剛剛只是……不小心吸了一點你的血而已。
妳……難道妳是吸血鬼？
並不是。
我也不知道為什麼，你的血，對我居然有十分顯著的療效。而且……

而且什麼？
……算了，我有另外一件事要問你。
你願意……和我定下契約嗎？

契約!?
我被蚩尤一族圍攻獵捕後，受了很重的傷，沒有個一兩百年大概養不好，所以無法發揮實力。
我們神族生來都有一項「使命」，以及伴隨而來的能力。
就像猞猁可以用伏魔塔吞噬妖魔，天狗可以用神血懲罰罪惡。
而我的使命，就是「侍奉」

我的能力，是成為受邀者的翅膀……簡單來說就是將我所選定的主人，其所有潛力，全部發揮出來。
吸了你的血後，我感受到你的血脈中，潛藏著龐大的力量，只是你不會運用。
真的嗎？那太好了！我們馬上來簽！我要準備什麼？戶口名簿、印章？
東翻西找～
這裡是我的能力形成的「誓約之地」，就在你的意識之中，
你只要握住我的手，說出「我願意」就可以了。但是這樣做，會大幅縮短你的壽命……這樣你也願意嗎？

我願意。

除了強大的潛力，我還選擇你還有一個原因。
因為你是個好人。

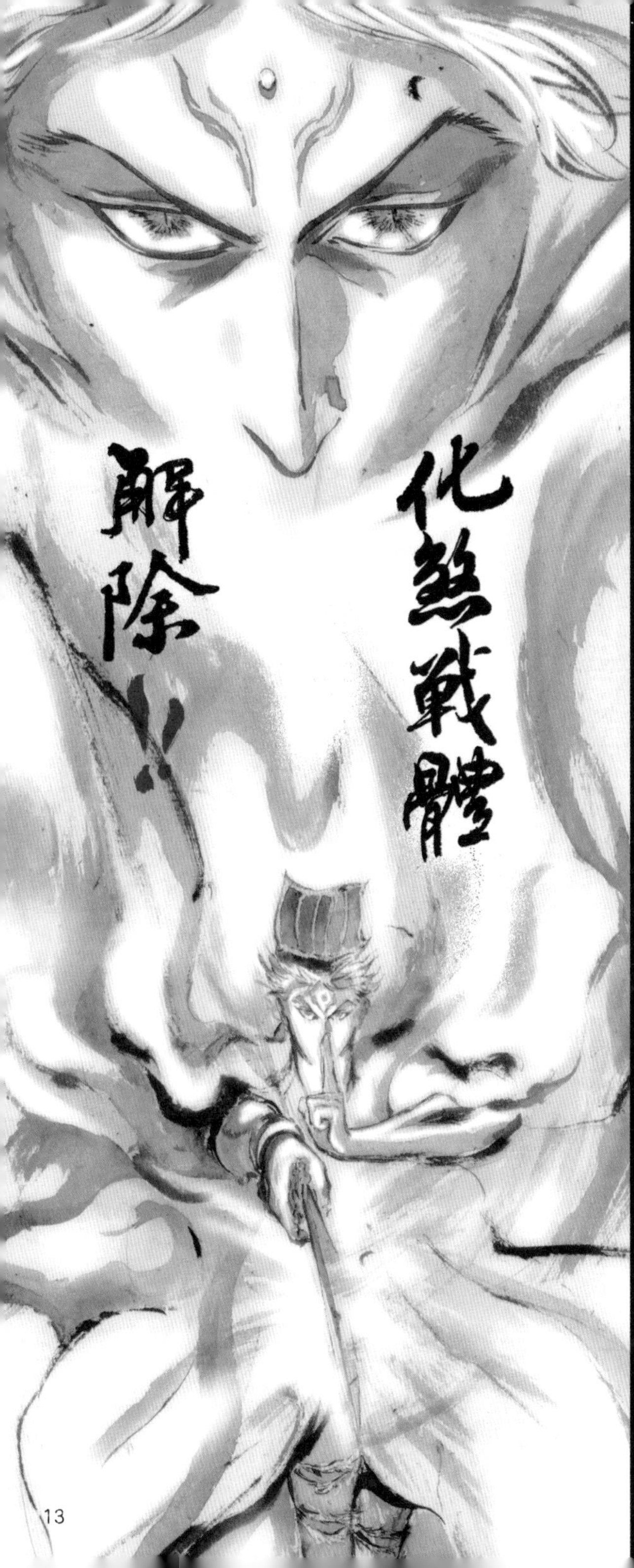
化煞戰體
解除!!

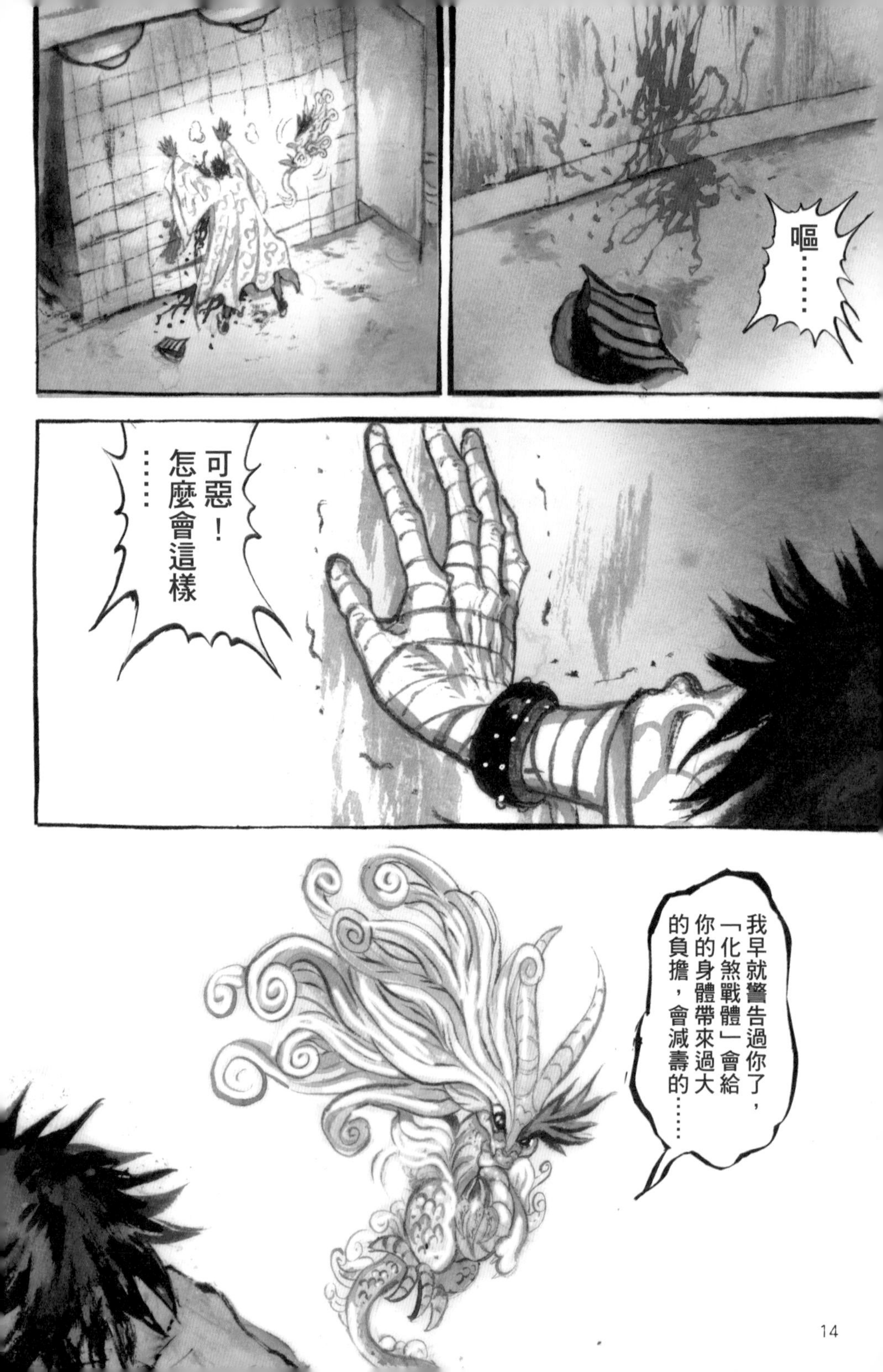
嘔……
可惡！怎麼會這樣……
我早就警告過你了，「化煞戰體」會給你的身體帶來過大的負擔，會減壽的……

減壽或痛苦，我早就有心理準備了……
吁
吁
吁
我在意的是……
為什麼變身的時候是妳控制我的身體啊啊啊～～～！
「化煞戰體」在發動時，衝一發的靈魂會和貅互換，並藉由貅的能力，引導出一發潛藏的力量……剛才其實是貅在控制衝一發的身體……而衝一發則跑進貅神獸狀態的身體裡。
這其實是貅，
衝一發在這。

我還以為可以來個帥氣的英雄救美，公主抱啊、拉拉小手什麼的……
結果所有的福利全被妳拿走啦！我也想公主抱雨璇啊啊啊！
……
原來他在乎的是這個啊……
雨璇！
妳……這是……

咳。
嚇到啦？呵……
我的身體雖然大量跟妖魔融合，滿耐打的。但剛才挨的那兩下，注定我即將死去……
所以族長大人想在我死以前，逼問出更多渾沌的情報……

……一開始，我以為妳只是想利用苡潔。
可是後來，妳卻犧牲自己，讓她逃走……我不懂，為什麼呢？
因為妳對她做了那麼多殘忍的事……
呵呵，這有什麼好問的？答案不是很簡單嗎？
因為我是她的媽媽啊。

我背叛蚩尤一族，是因為根據預言記載，渾屯的力量實在太過強大……
就算加上苡潔，蚩尤一族也難以抵擋渾沌降臨的末日災厄。必要時，族長絕對會選擇犧牲苡潔。
我不願讓苡潔為此犧牲，所以我決定和渾沌合作，換得她的平安。
就算成為渾沌的手下，也比成為蚩尤一族的棄子來得好。

我所做的一切都是為了苡潔……包括對妳出手。

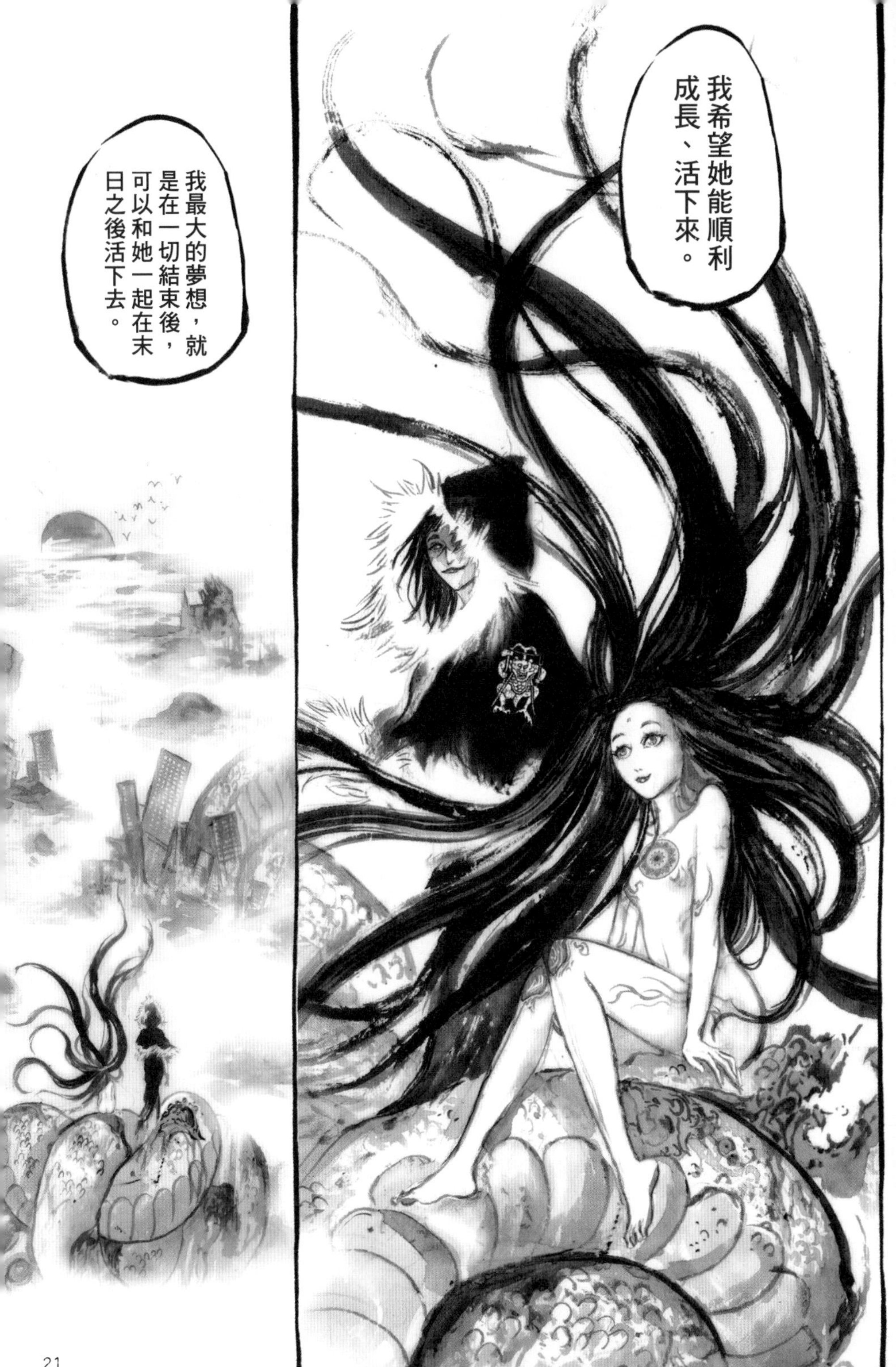
我希望她能順利成長、活下來。
我最大的夢想，就是在一切結束後，可以和她一起在末日之後活下去。

……妳故意欺騙苡潔，激發她的力量，其實是為了保護她？
但妳不覺得，這樣對苡潔來說，實在太殘酷了嗎？

當初在創造苡潔時，我就已經透過計算知道……
在她長大後，若要爆發出真正的力量，需要極端劇烈的精神刺激。
為了保護她，我將她的靈魂一分為二。
真正的苡潔一直都沉睡著，而另一個苡潔承受的痛苦與磨難，將會催化體內潛藏的力量。

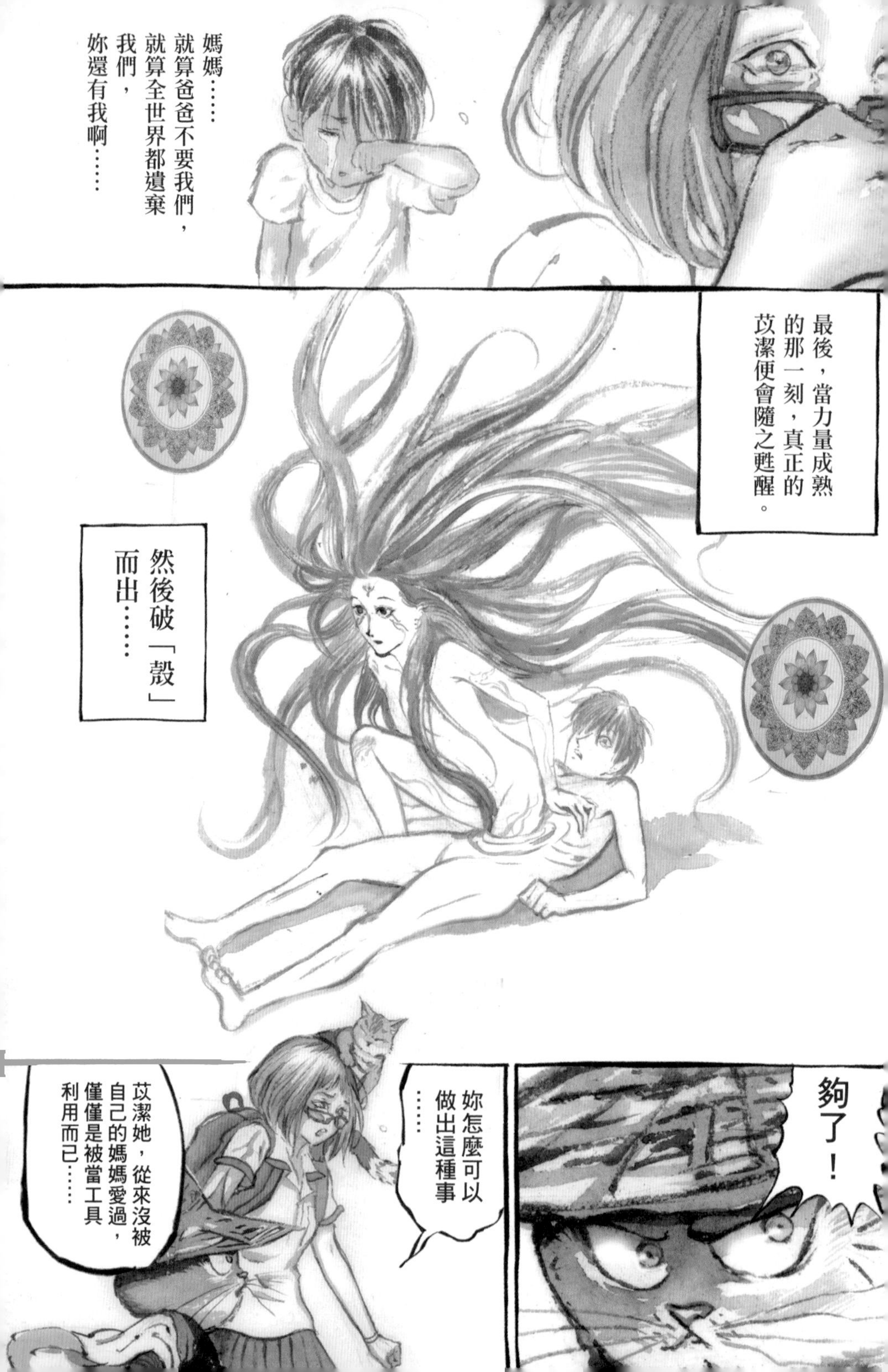
媽媽……就算爸爸不要我們，就算全世界都遺棄我們，妳還有我啊……
最後，當力量成熟的那一刻，真正的苡潔便會隨之甦醒。
然後破「殼」而出……
夠了！
妳怎麼可以做出這種事……
苡潔她，從來沒被自己的媽媽愛過，僅僅是被當工具利用而已……

我說過了，因為我是她的媽媽啊。
或許將來妳也會懂吧，一個母親，為了自己的孩子，什麼事都做得到喔。
因為我知道，我會活在苡潔的記憶裡……我的愛永遠與她同在。

布布，你覺得……我們認識的苡潔還在嗎？
我不知道……但是，不論如何，我們一定會找到她的。

可是，她媽媽這樣利用她……她那麼努力想找到媽媽，結果卻……
就算她還在，也會覺得自己……一無所有了吧。
你也一樣是被人拋棄的嗎？

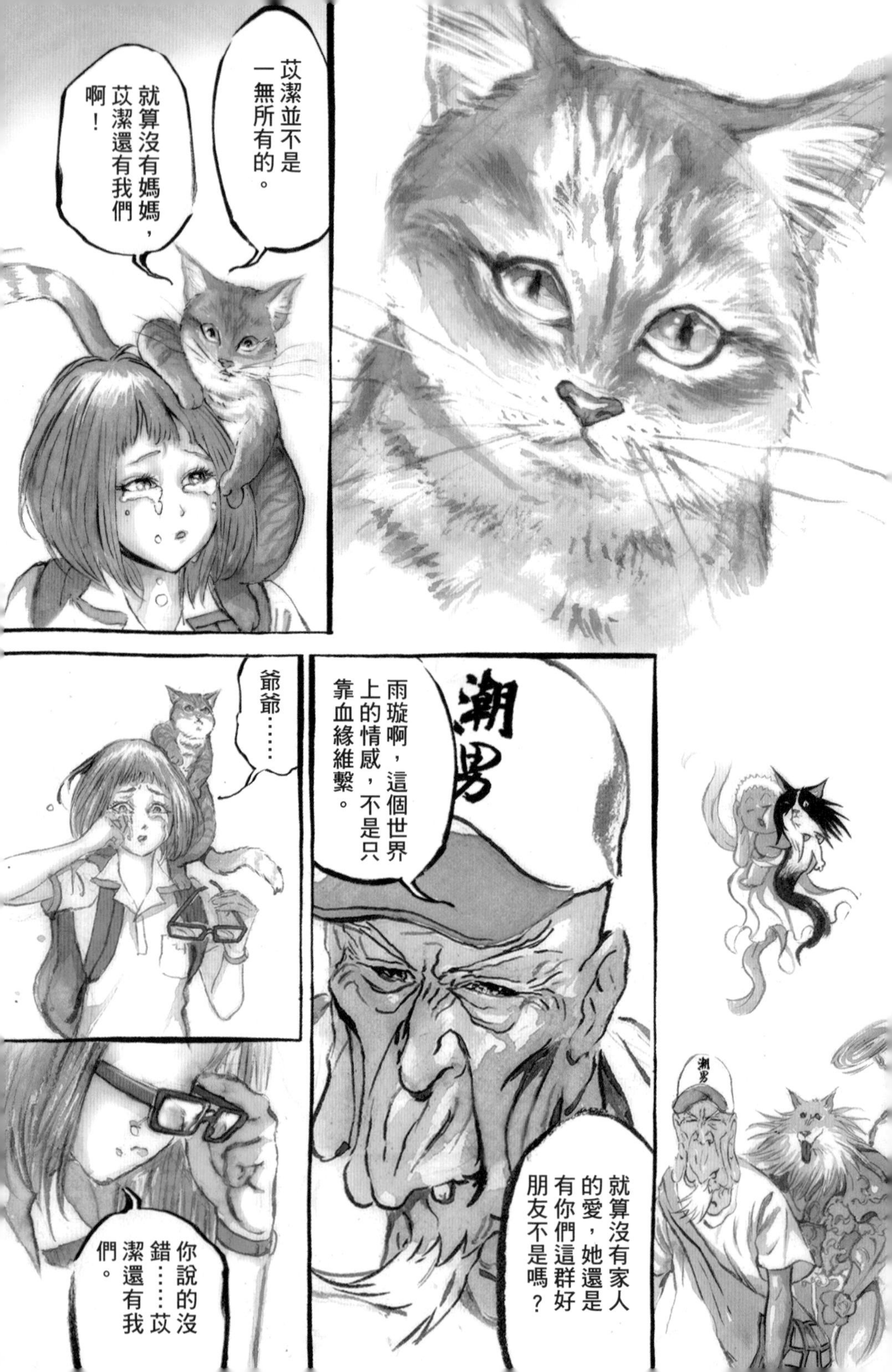
艾潔並不是一無所有的。
就算沒有媽媽，艾潔還有我們啊！
雨璇啊，這個世界上的情感，不是只靠血緣維繫。
爺爺……
就算沒有家人的愛，她還是有你們這群好朋友不是嗎？
你說的沒錯……艾潔還有我們。
潮男
潮男

小烈……不，蚩尤一族的族長尤烈。
那個女人對苡潔的安排，你早就知道了，對不對？
是又如何？

尤烈！

來決鬥吧。

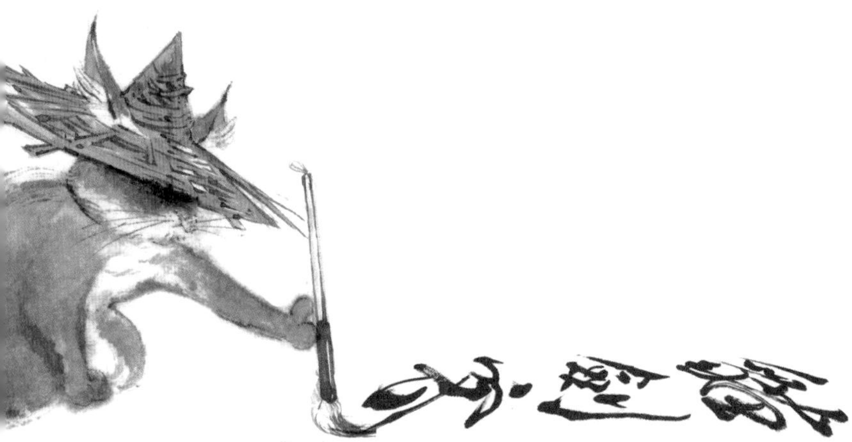

苡潔和桔子

第二十九回　人體伏魔塔

你說你是為了人類。那艾潔呢？
難道對你來說，她不是你的女兒……甚至不算人類嗎？
你錯了，師父。她當然是人類，而我也當她是我的女兒。
正因為如此，我才會這樣對待她。

正因為她是我的女兒，所以為了世界而犧牲，是她無法避免的責任與宿命。
你沒有資格替她決定命運！
那你有嗎？你有替全人類承擔命運的能力和覺悟嗎？

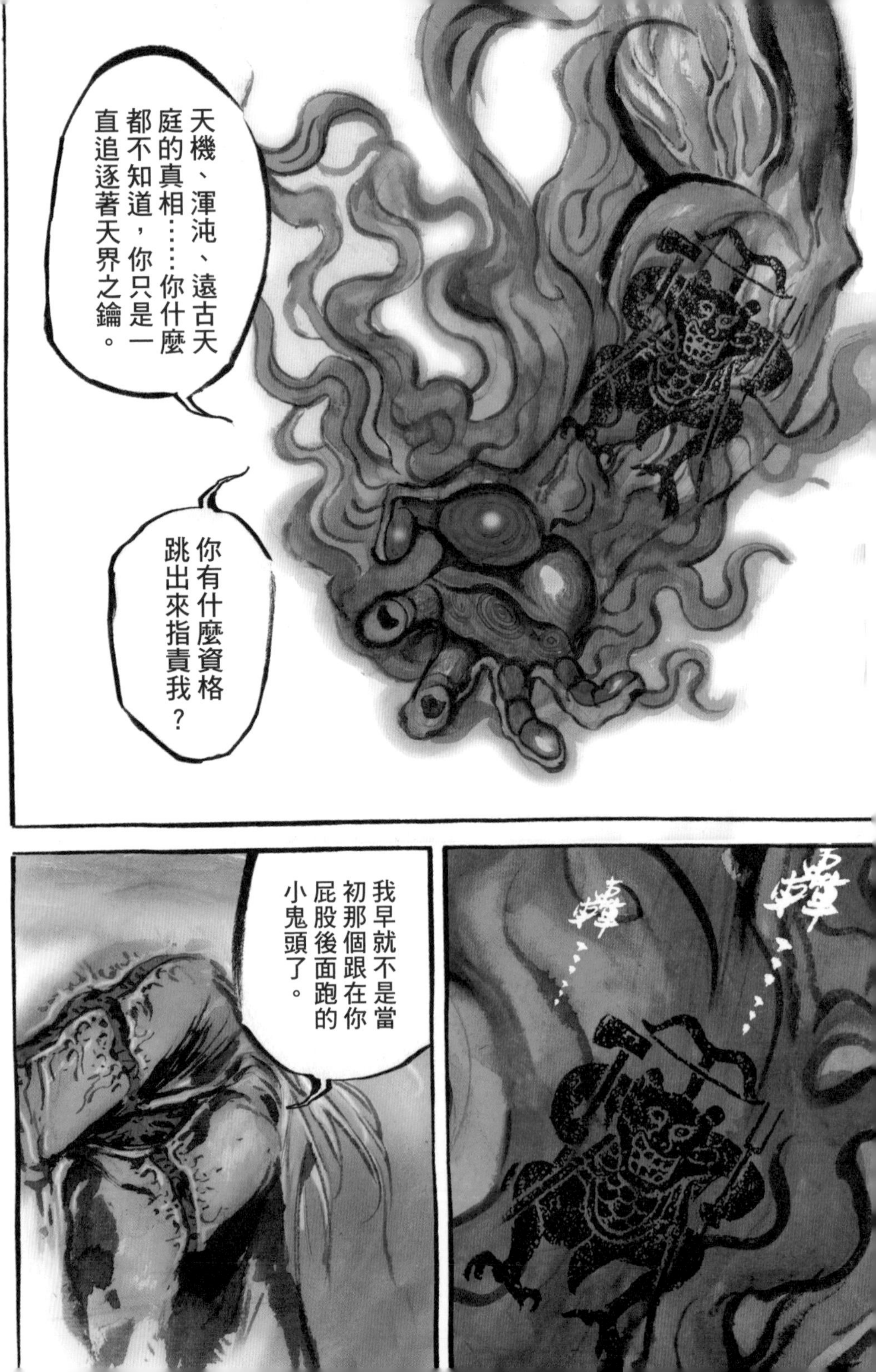
天機、渾沌、遠古天庭的真相……你什麼都不知道，你只是一直追逐著天界之鑰。
你有什麼資格跳出來指責我？
我早就不是當初那個跟在你屁股後面跑的小鬼頭了。

我是尤烈，蚩尤一族的族長！
人類……不，全世界的命運就牽繫在我的手裡，這都是必要的犧牲！

要犧牲的話，犧牲你自己啊！憑什麼犧牲苡潔？

沒有人能質疑族長為人類所做的犧牲。
你們……似乎對族長大人有些誤解。
影子!?

羌儡……別多嘴。
十五年前，天有異象，昭示天界之鑰出現，而渾沌也隨之現世，意圖爭奪天界之鑰。查覺異象的尤烈大人，帶領五首義會

那是一個颱風夜，在當年的戰役中，渾沌的力量展露無遺。
不但如此，她還喚醒了曾經被譽為鬥戰勝佛的最強墮神——巫支祈助陣……

五首議會中，包括我在內的三人，因尤烈大人的捨身保護活了下來。
雖然另外兩人，後來因傷勢導致體內的妖物反噬而死，但我們都很感激尤烈大人。
最後，尤烈大人還是擊退了渾沌……讓這世界多維持了十五年的和平。

羌儡，夠了。
犧牲，什麼是犧牲？你們懂戰神猞猁……
蚩尤部落被黃帝剿滅時，凡人因你而死時，你又在哪裡？
因為那一戰，尤烈大人甚至……
還有妳，天界之鑰的化身，如果不是尤烈大人當年冒死擊敗了渾沌，哪輪得到妳在這裡大放厥詞？

住口！羌儡！我說夠了，別再說了。
小烈，不……尤烈，或許像你說的，我什麼都不懂。

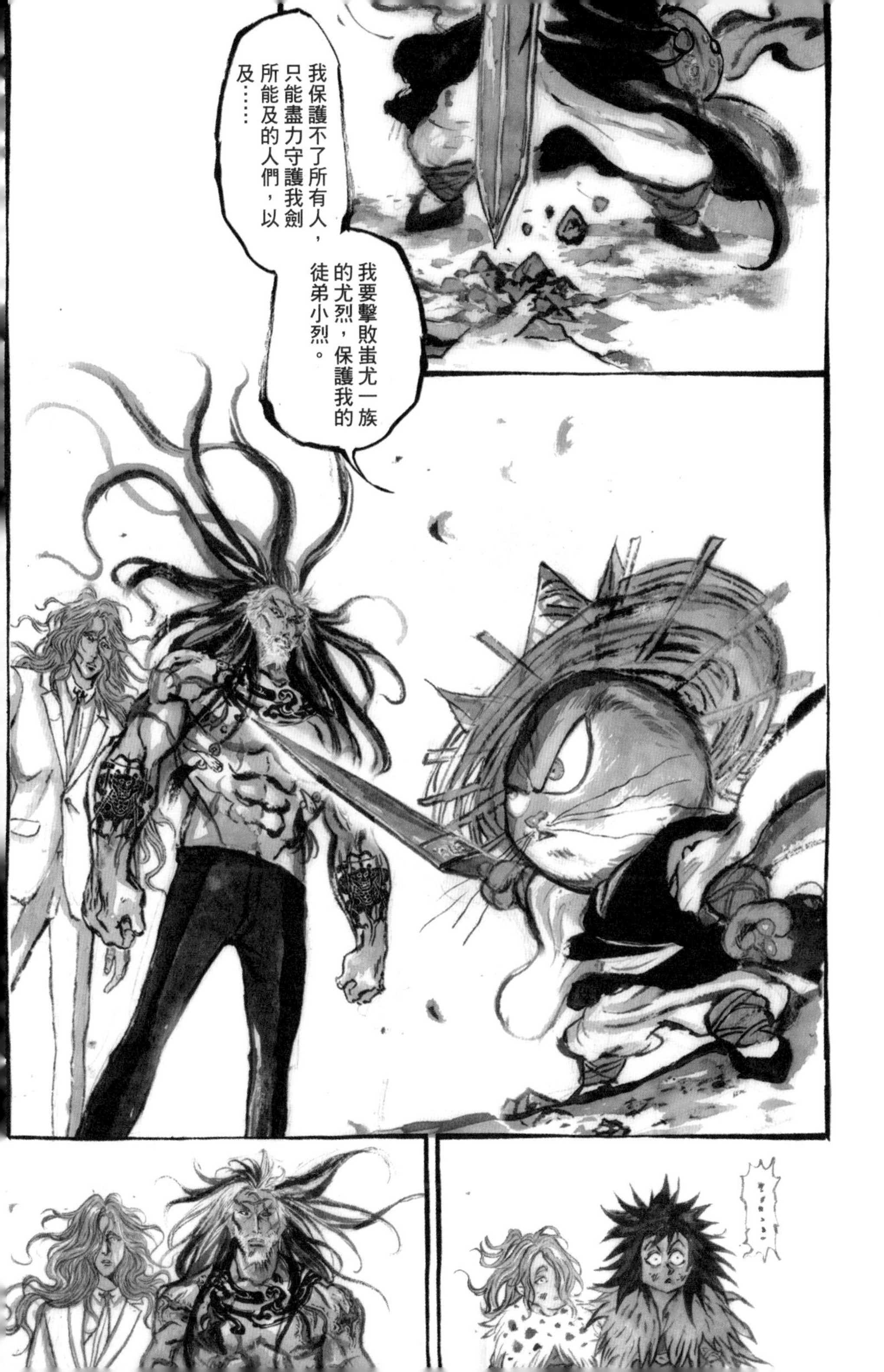
我要擊敗蚩尤一族的尤烈，保護我的徒弟小烈。
我保護不了所有人，只能盡力守護我劍所能及的人們，以及……

淼……
哈哈哈哈哈哈!!
果然，你還是那個猹猁師父。
……
那就來吧。

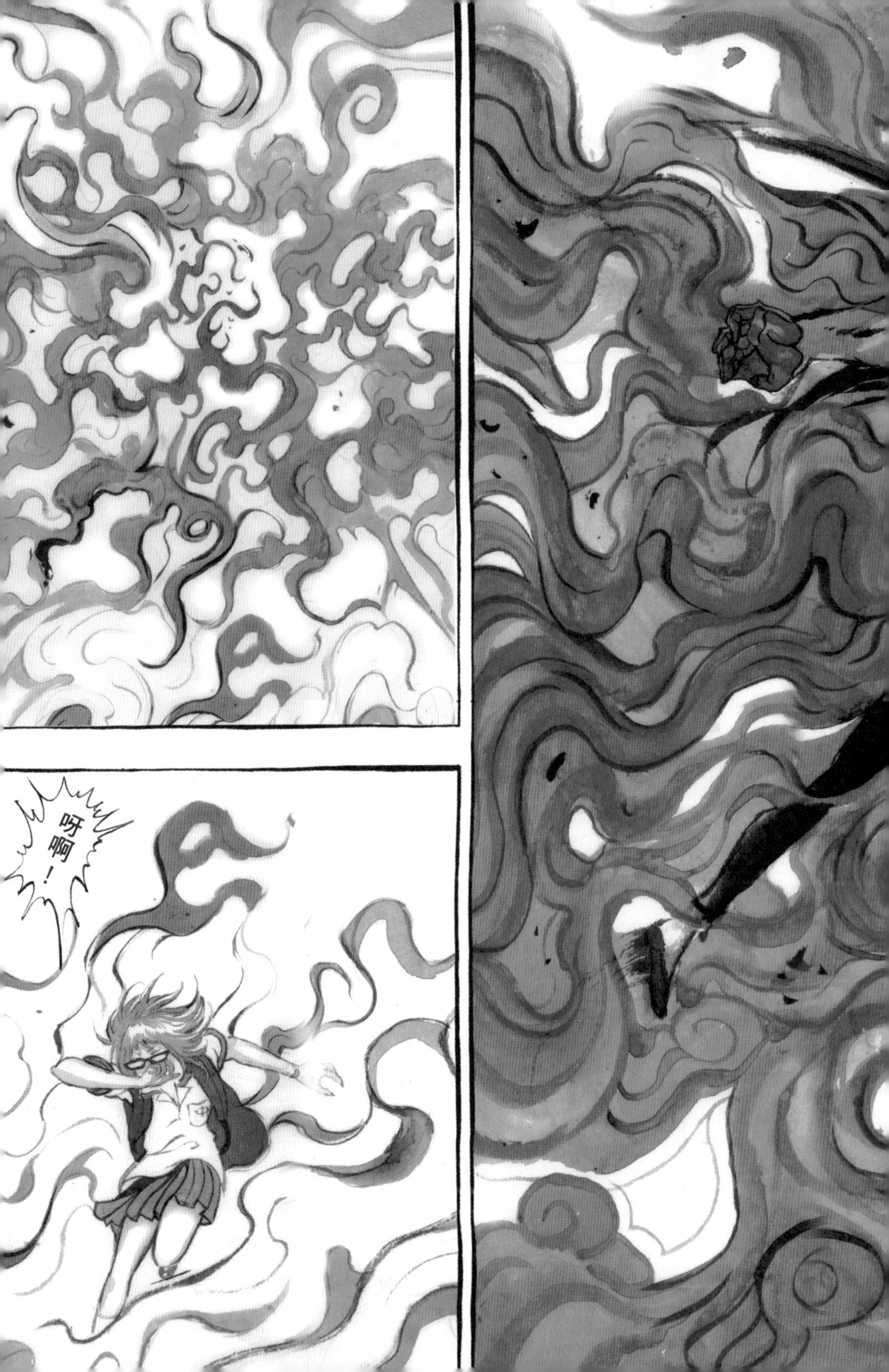
呀啊！

唔……？
……我怎麼突然變到這裡來了？其他人呢？
咦！？

因為離他們太近很危險嘛，萬一傷到妳美麗的臉蛋可就不好了。
至於其他該接受治療的人，都已經被我送去基地裡合適的地方了。
修？你的傷沒事了嗎？
啊，是還有點痛，不過沒有什麼大礙了。

羌儡。
我現在心情很差，所以你最好老實回答我的問題，不然就算跟你兩敗俱傷，我也會出手。
剛才你說的……十五年前的事情，是真的嗎？

是真的，令姊直到遭受反噬前，仍很感謝尤烈大人。
想要讓我恨他，藉此刺激我快速成長起來？

器量很大嘛，臭老頭……
那就讓我看看，你是不是真的有和器量匹敵的實力吧。

颯！

喵嗚！

……沒想到，你居然練成了伏魔肉墊掌。
呵，沒錯……正是伏魔肉墊掌。

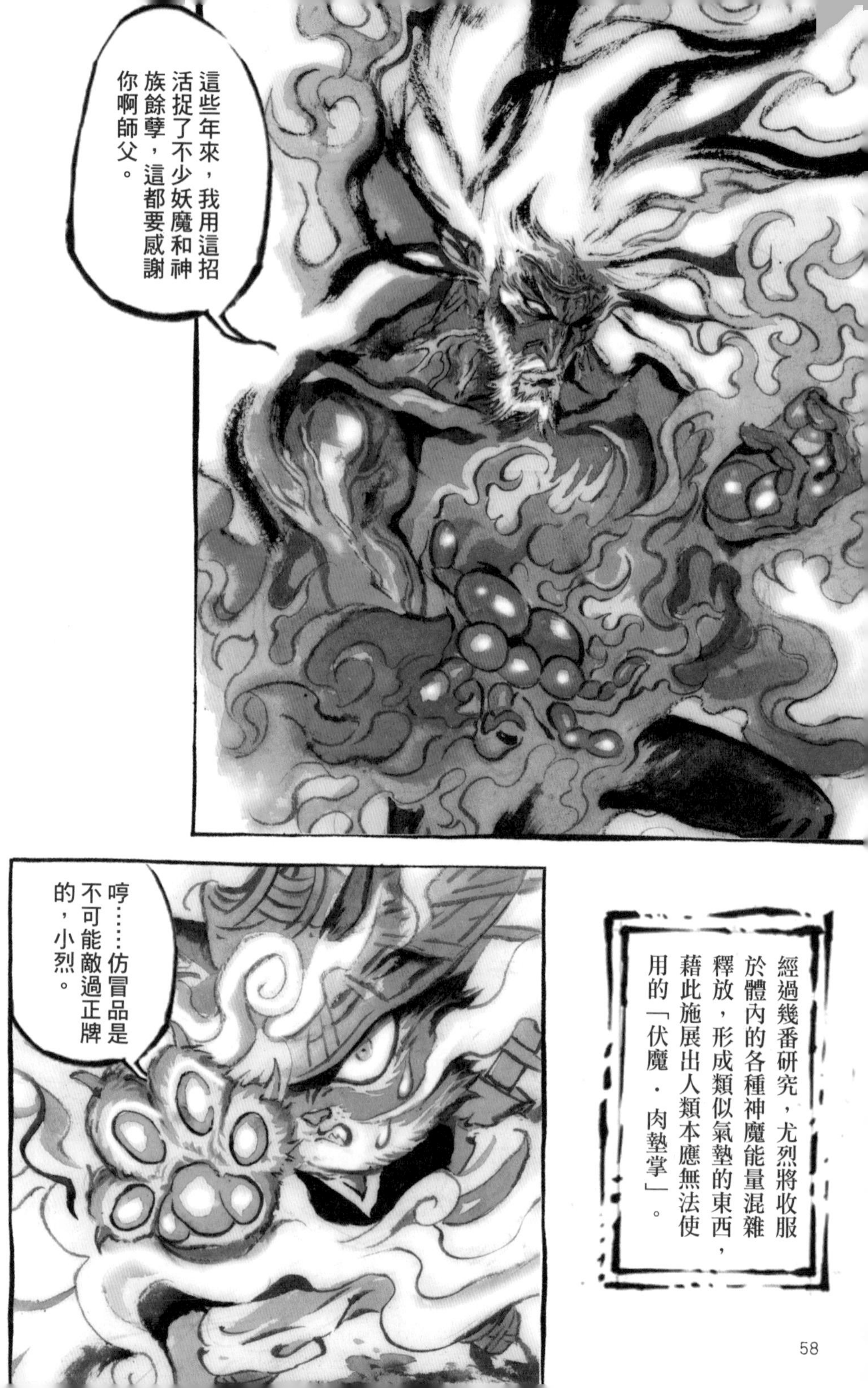
這些年來，我用這招活捉了不少妖魔和神族餘孽，這都要感謝你啊師父。
經過幾番研究，尤烈將收服於體內的各種神魔能量混雜釋放，形成類似氣墊的東西，藉此施展出人類本應無法使用的「伏魔・肉墊掌」。
哼……仿冒品是不可能敵過正牌的，小烈。

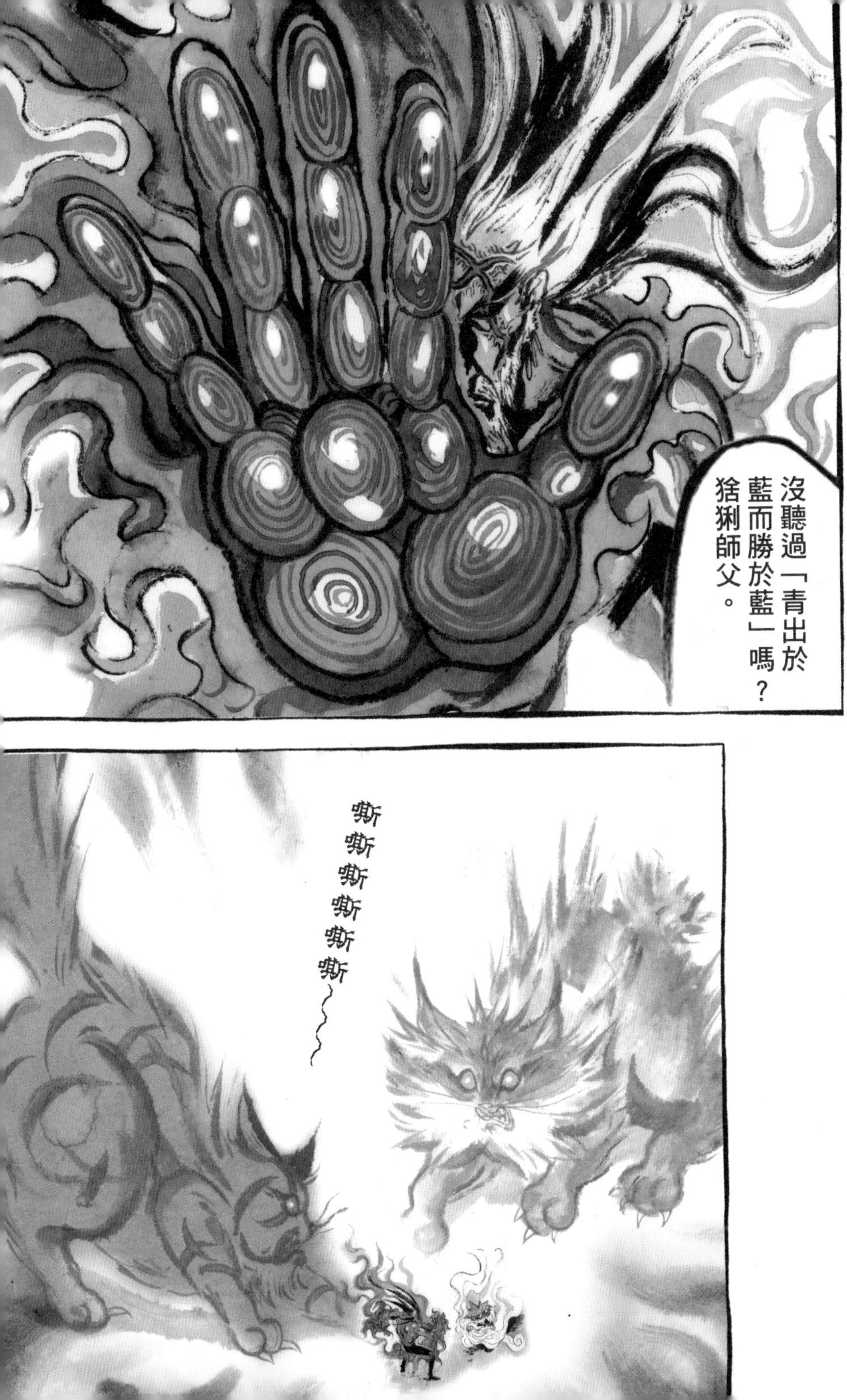
沒聽過「青出於
藍而勝於藍」嗎？
猞猁師父。
嘶嘶嘶嘶嘶嘶～

淼！

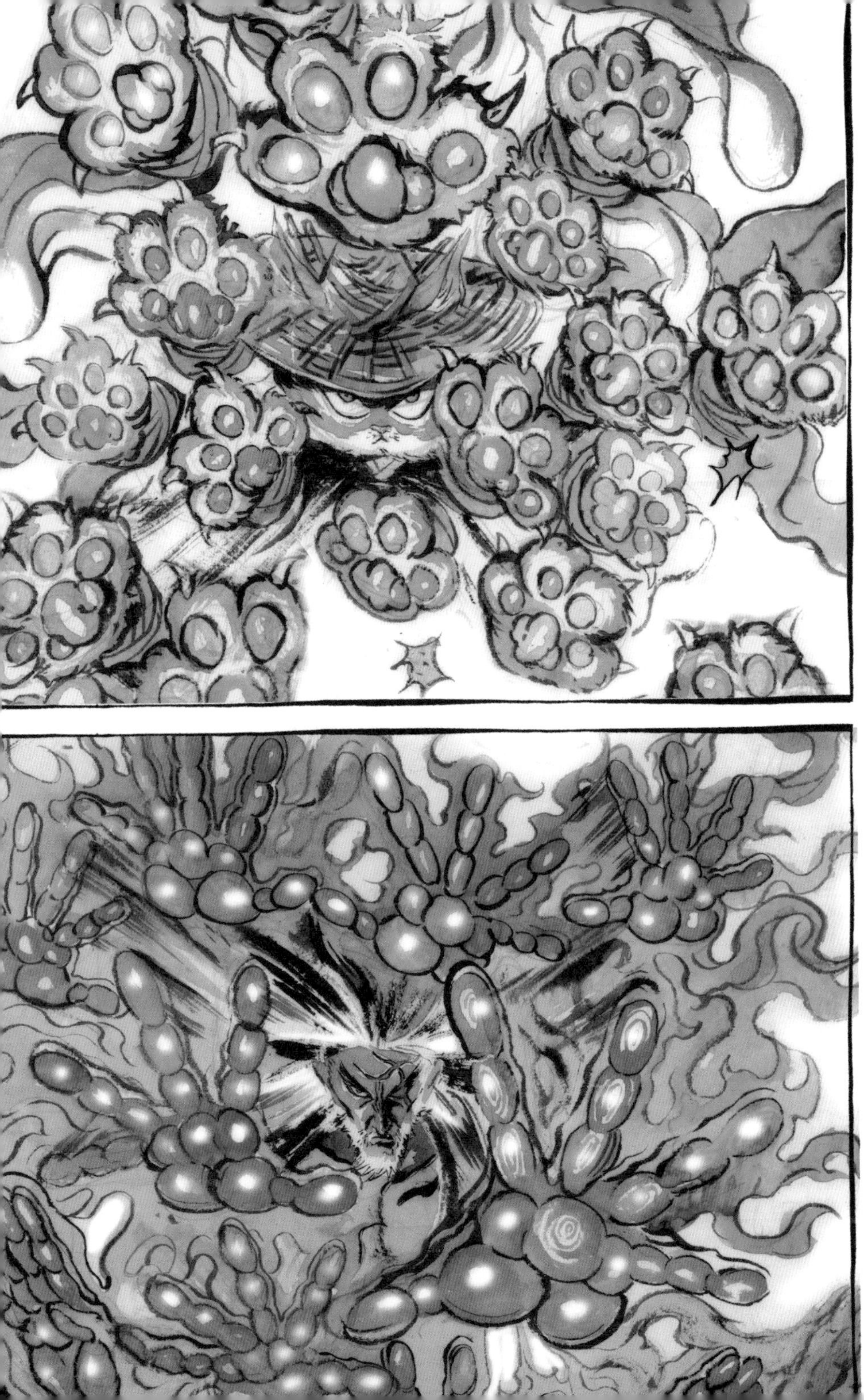

好可怕的氣勢。
但不知道為什麼……

好像有點可愛啊……
喵森喵～
喵喵森～

別開玩笑了！那隻笨貓，怎麼可能打得過族長！
呼……呼……
呼……

切！這算什麼貓神！！我馬上就來救你了！笨貓！
吁
吁
勝負已經很明顯了。準備好隨時發動化煞戰體救貓吧！
這場決鬥……猞猁已經輸了。

喵嗚！

怎麼了？師父……現在的你就只有這點能耐嗎？我可才剛熱身完畢呢。

小烈的力量……好強！
淼！

布布！怎麼會這樣？他們不是用同樣的招式嗎？
轟
雖然是同樣的招式，但兩邊出力完全不同嘶～
出力？是說尤烈力氣比較大嗎？

神族和命定神器都是一體兩面的，猞猁大人的伏魔塔除了可以收服妖魔外，
最重要的特點是，可以視收服妖魔的質量與數量，強化自身……
喵
淼～
根據記載，全盛時期的猞猁大人，甚至可以一掌轟倒遠古巨魔饕餮。
然而不知何故，當年神族公主夏云將伏魔塔的妖魔全數放出，導致天庭大亂，我族也趁機攻進，打下天庭……

怎麼這樣……這太不公平了！
100
1
現在猞猁大人的伏魔塔中的妖魔，恐怕連全盛期的百分之一都不到，自然不可能比得上有著萬年累積的尤烈大人。
淼！

沒錯，的確是不公平……不過是對那個老頭不公平，而不是對戰神猞猁大人。
人體伏魔塔，沒想到，居然有人可以做到這種地步……
沒錯，猞猁大人天生就擁有伏魔塔，但人類以自身為鼎爐，
就算天賦異稟，塞一隻巨妖就是極限了……這一點身為天才的你，應該再清楚不過了吧？

當年的尤烈大人吞納了槐江天神後，沒有因此止步，反而繼續試著突破極限，不斷吞納更多妖魔神族……
……我自己嘗試過突破容量極限，那根本不是人所能承受的痛苦，而且還有失控的風險。

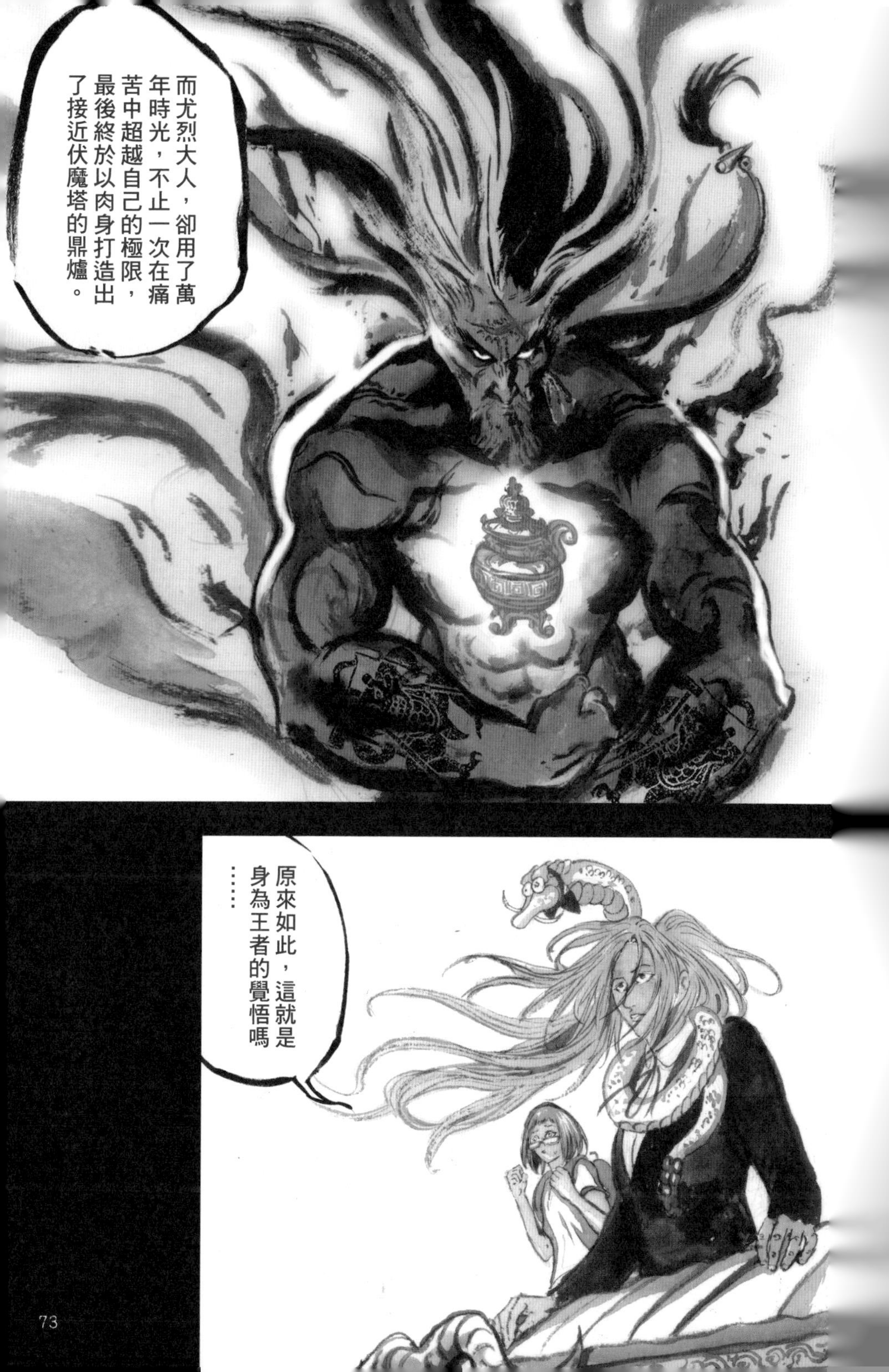
而尤烈大人，卻用了萬年時光，不止一次在痛苦中超越自己的極限，最後終於以肉身打造出了接近伏魔塔的鼎爐。
原來如此，這就是身為王者的覺悟嗎……

抓到你了師父。
可惡，手太短了……

鼎爐與伏魔塔

鼎，是中國古代的一種煮食器，
主要用來烹煮肉食，材質以青銅或陶為主。
早在新石器時代，中國先民就開始使用陶鼎。
到金石並用時代，青銅鼎開始出現，
經過夏商兩代的發展，青銅鼎的使用在周代達到鼎盛。
而鼎爐則是鼎和爐的合稱。
古代用於烹茶或者道士用來煉丹使用。

上面是鼎的甲骨文，像不像一隻貓咪的造型呢？
想必當時的人類是依據貓神猞猁的伏魔塔來製作，
所以甲骨文才會這麼像貓吧～淼！

第三十回　魔神迦羅降臨

唔？被壓制得失去意識了嗎？
有破綻！

喵～伏魔肉墊掌！
呵……不愧是師父，真是出乎意料的難纏啊。
不過……也就到此為止了。
從開打以來，尤烈與布布雙方都很有默契地只使用肉墊掌來交戰。
雖然聲勢驚人，但其實並沒有生命危險。

放棄吧，師父，這是我最後的警告。

勝負已經很明顯，我要貫徹自己的「道」，如果你還執意擋在我的面前，就別怪我手下不留情了。
我說過，我要保護劍所能及的人們……
所以，我是不會讓開的。

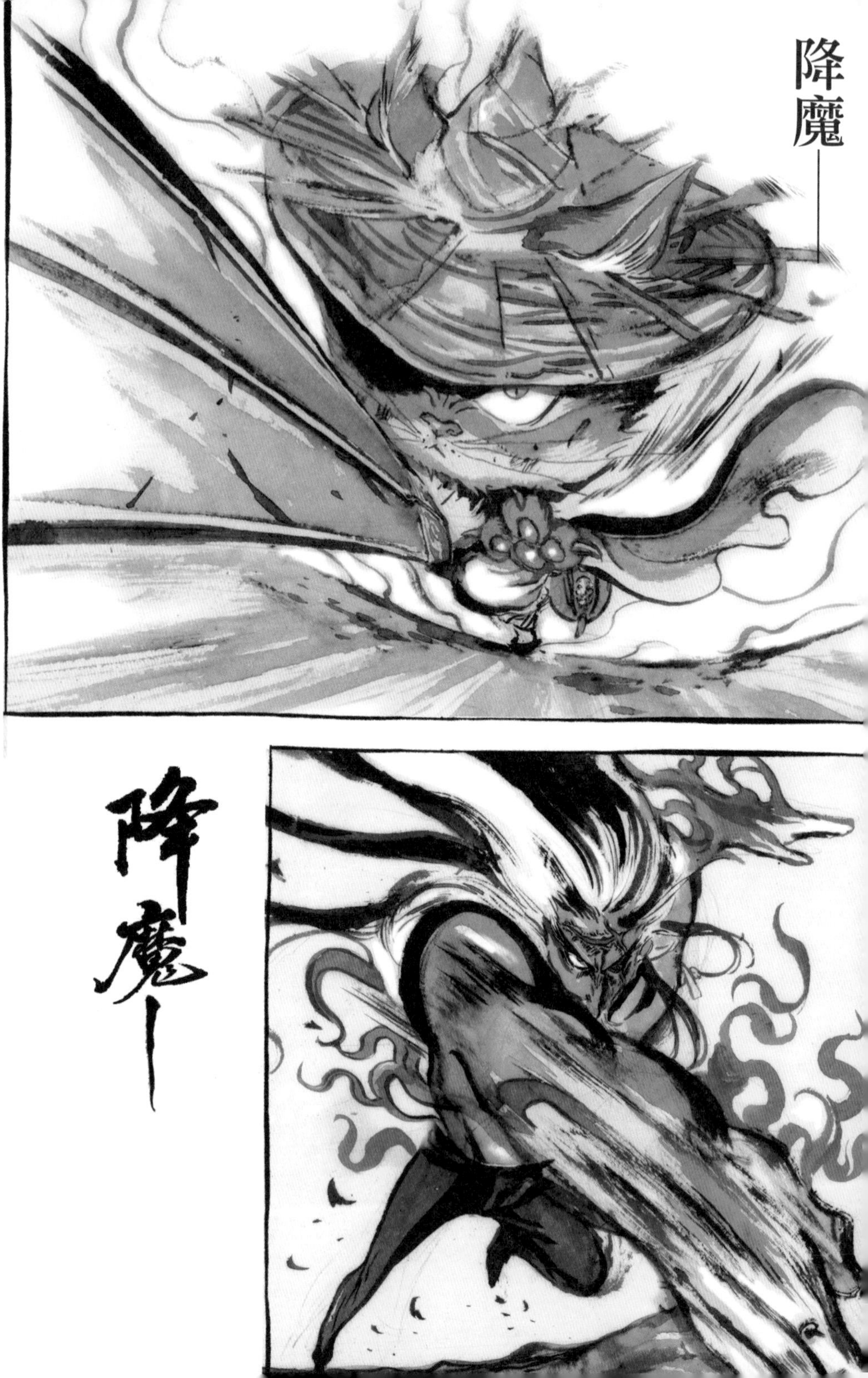
降魔——
降魔——

師父……
再見了。

……贏了。
再見了，師父。
人類……不，
全世界的未來，
我都會守護住的。
渾沌……
這次我一定會
徹底終結妳！
就算把自己
燃燒殆盡，
我也……

就在尤烈以為戰爭結束時，他一直以來壓抑著的傷勢突然爆發了。

萬年來，尤烈征戰無數，吞納了萬千妖魔神族，造就了他舉世無敵的強大。

神

神這個字，本來指的是上古時期的神族，後來被延伸使用，泛指「擁有強大力量的主宰者」。

像鯀仙道信奉天地自然之力為神，更相信天地之中有一種善的力量，會幫助心存善念之人。
而尤烈……則選擇讓自己成為「神」。

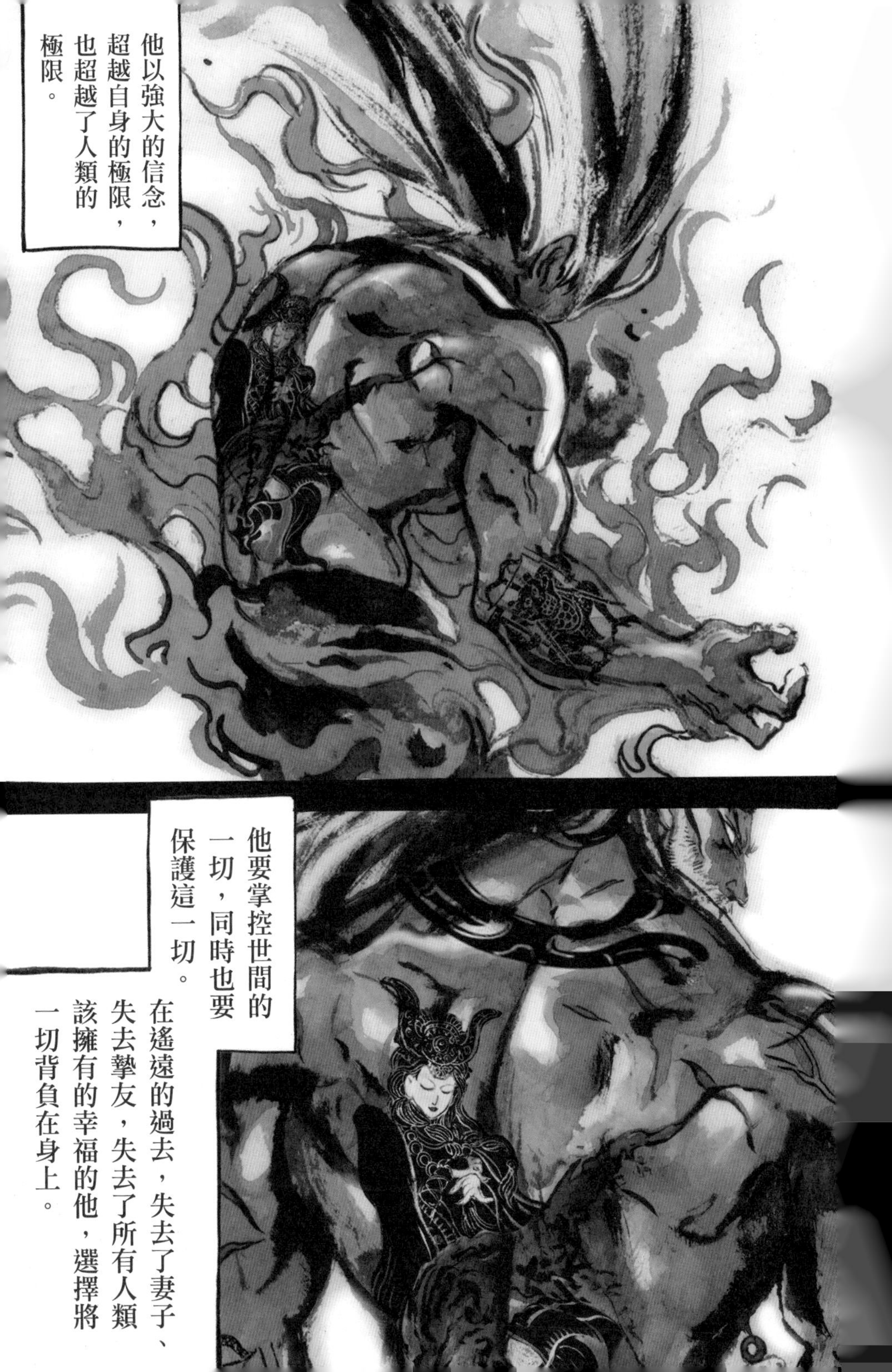
他以強大的信念，超越自身的極限，也超越了人類的極限。
他要掌控世間的一切，同時也要保護這一切。
在遙遠的過去，失去了妻子、失去摯友，失去了所有人類該擁有的幸福的他，選擇將一切背負在身上。

然而十五年前，在與渾沌一戰後，他受了很重的傷……他判斷自己恐怕沒有多少時間了。所以尤烈啟動了苡潔的創造計畫。
希望她能代替自己，並用激烈的手段，去刺激這一代的五首議會盡快成長。
尤烈的傷勢爆發和與布布的決鬥無關，只是時間剛好到了……
而現在……

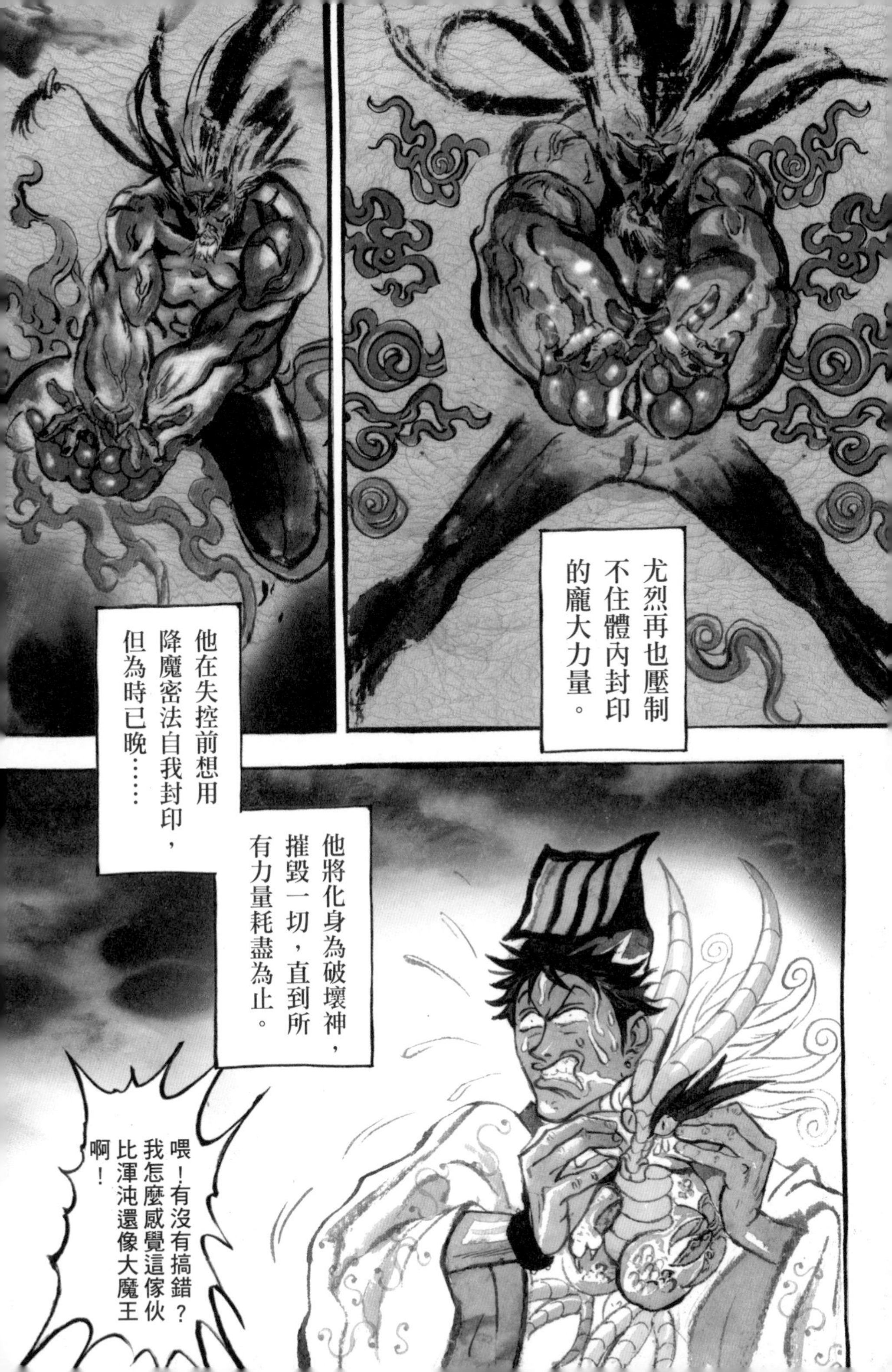
尤烈再也壓制不住體內封印的龐大力量。
他在失控前想用降魔密法自我封印，但為時已晚……
他將化身為破壞神，摧毀一切，直到所有力量耗盡為止。
喂！有沒有搞錯？我怎麼感覺這傢伙比渾沌還像大魔王啊！

魔神迦羅降臨！

已經沒有人能
阻止這一切……
除了一隻貓！

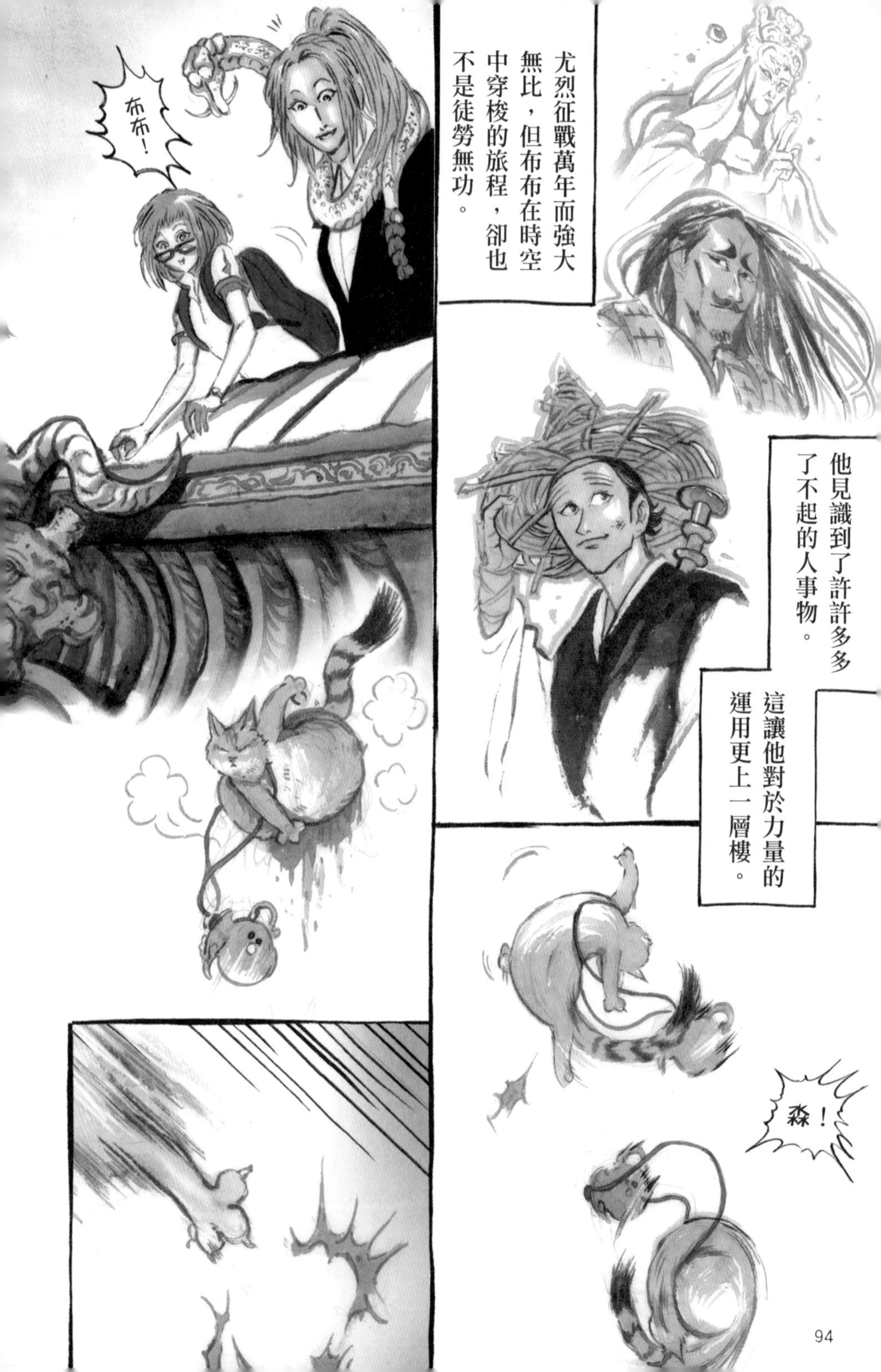
尤烈征戰萬年而強大無比，但布布在時空中穿梭的旅程，卻也不是徒勞無功。
布布！
他見識到了許許多多了不起的人事物。
這讓他對於力量的運用更上一層樓。
森！

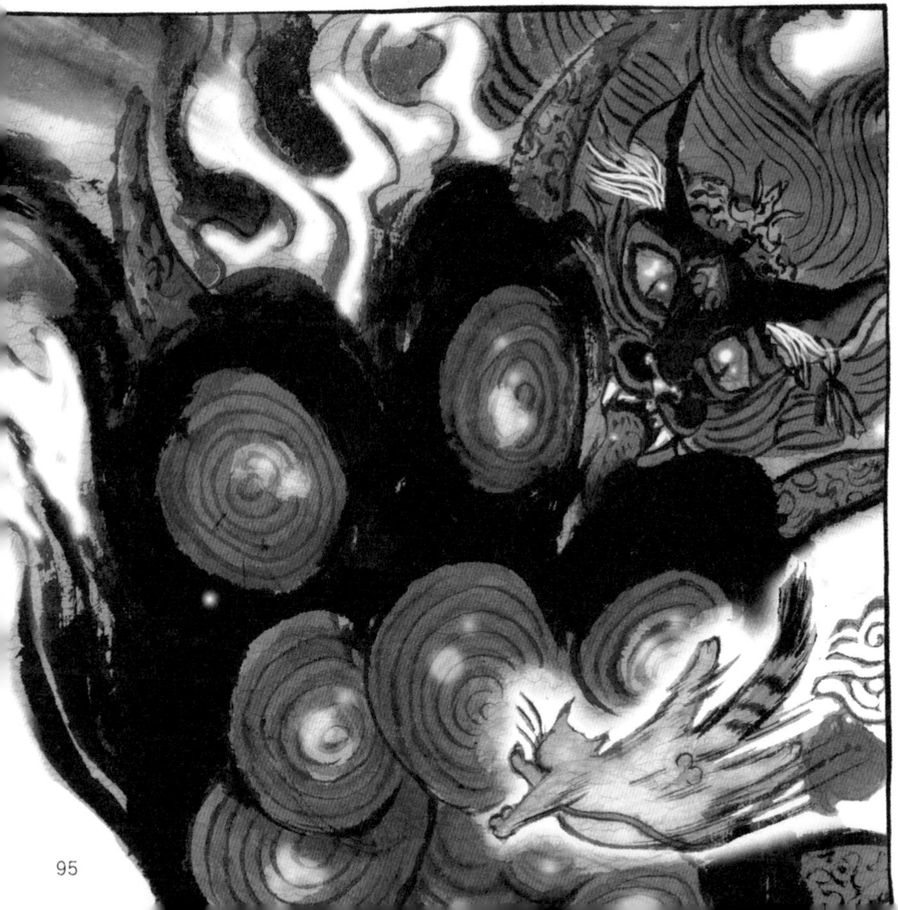

隱天
氣閉
絕
伏魔肉墊!!

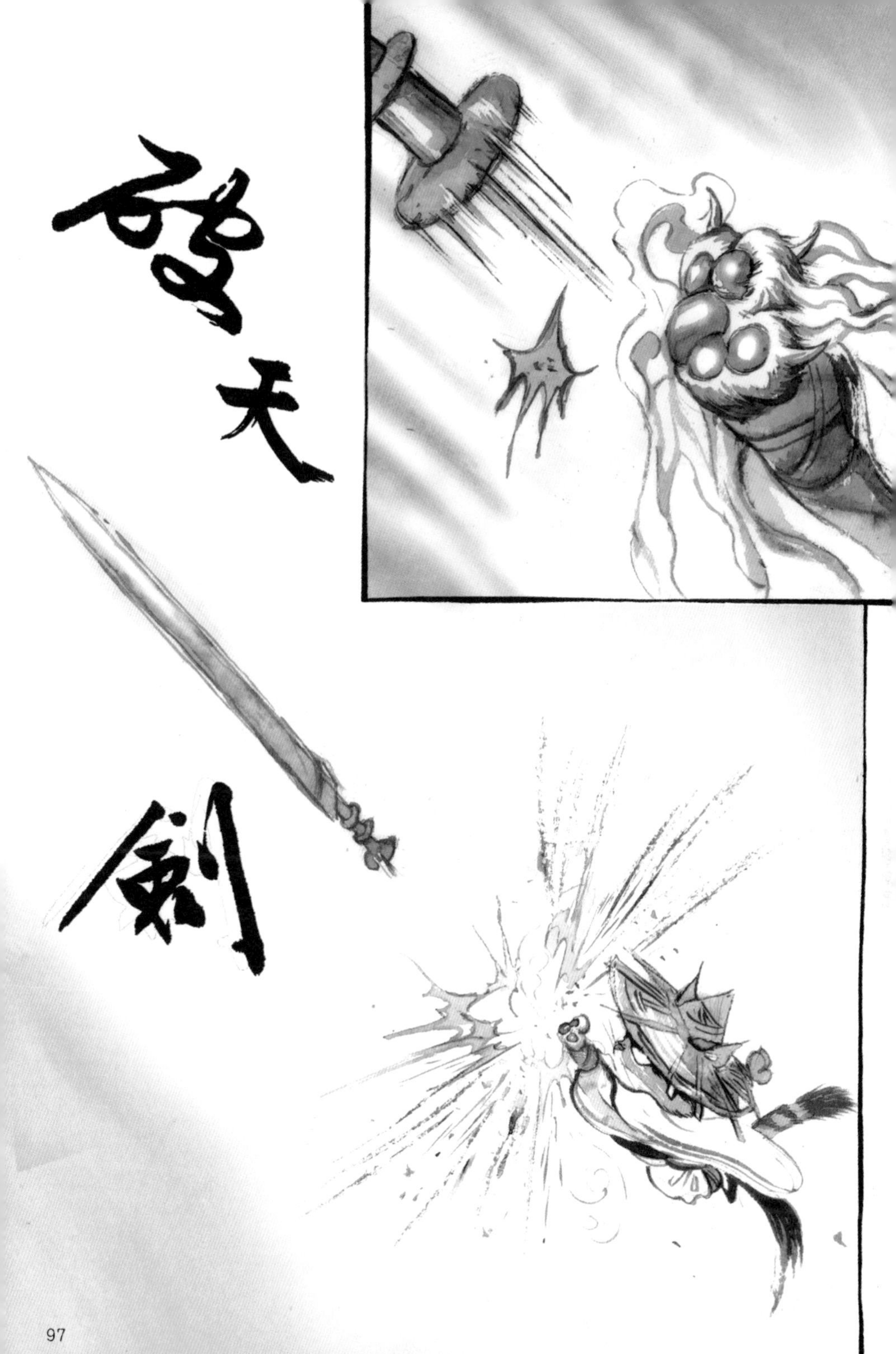
破天劍

伏魔肉墊破天劍——是利用布布肉墊的反彈力，施展而出的飛劍術。氣貫長河，可千里之外取敵首級。
抓住
你這渣滓廢物，以為這種招式就傷得了我嗎？

尤烈已經完全被體內吞噬過的異種力量侵蝕，失去理智。這種異種力量操控了尤烈，凝聚成了巨大的恐怖存在。
還沒結束！

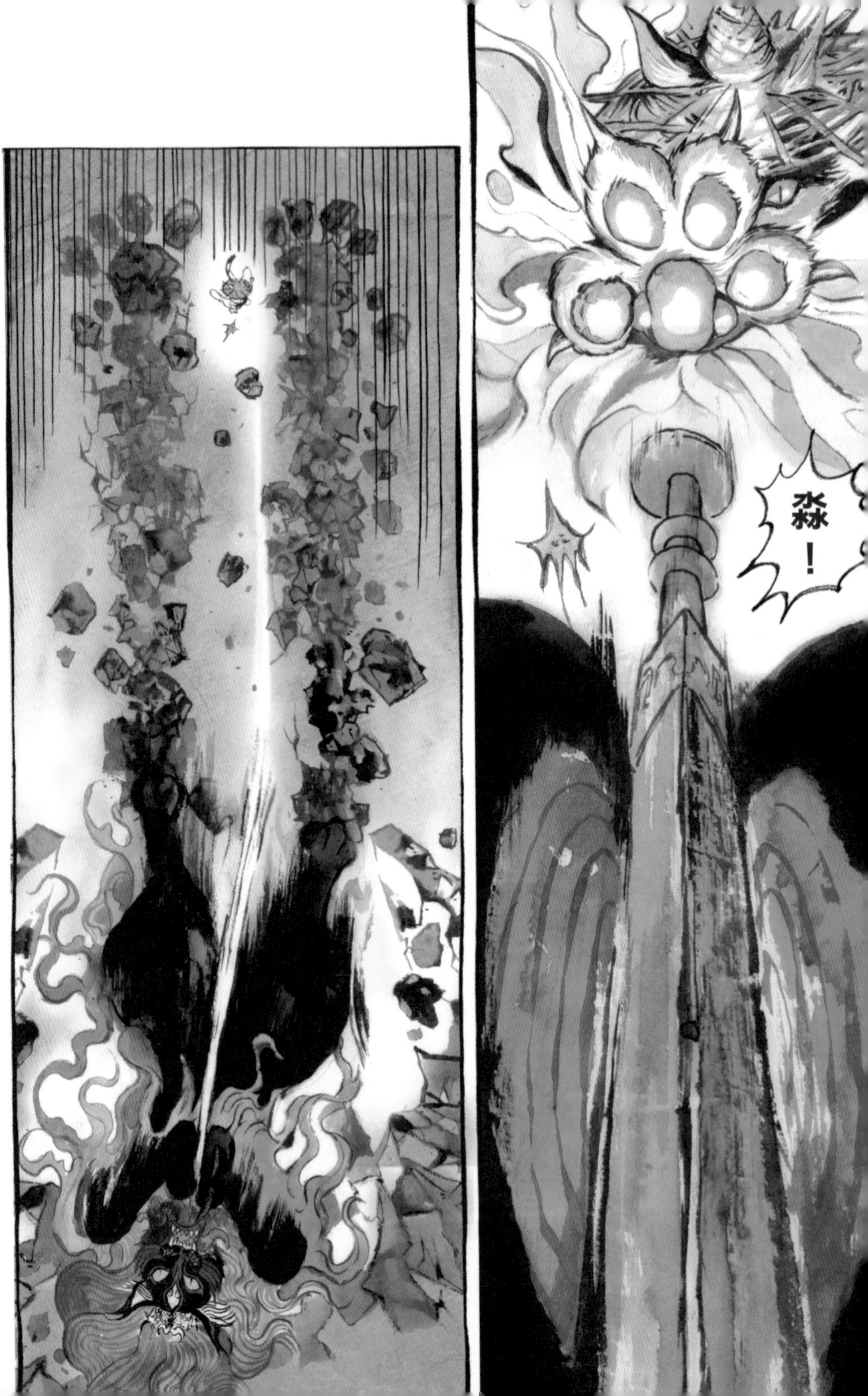
淼！

如果一次不行，那就再來一次！

這就是你的全力？就造成那麼一點小傷口？
那樣就夠了。

淼啊啊啊啊啊！
你、你做了什麼？
為什麼我的力量會
被吸走？！

布布將尤烈凝結的失控力量打出一個缺口，趁隙用伏魔塔吸取。
但一瞬間吸取如此龐大的力量，也對布布造成極大的負擔。

可惡……為什麼
我動不了？

羌魁？阿離？不可能，你們早就死了啊！
我不是羌魁，我是小烈的「理智」。
我是他的「良知」，我們永遠與小烈同在，絕不讓你傷害猞猁師父。
糾纏著小烈的執念與怨念啊……你們，就在我的伏魔塔內安息吧！

萬念
降魔破!!

我說過……我要保護我劍所能及的人們。

那就動手吧，師父。
這是我的報應……
能死在你的手上，
我無怨無……

現在，你在我的劍圍中了。

布布？
我要擊敗蚩尤一族的尤烈，保護我的徒弟小烈。
原來，你是這個意思啊……師父。

蚩尤

記載於《山海經．大荒北經》，
相傳是中國神話傳說中的部族，
共有八十一個兄弟。
以在逐鹿之戰中與黃帝交戰而聞名。
蚩尤在戰爭中顯示的威力，
使其成為戰爭的同義詞，
尊之者以為戰神，斥之者以為禍首。
蚩尤也是苗族相傳的遠祖之一，
苗族尊稱為榜香尤、姜尤、姜公。
其活動年代大致與華夏族首領炎帝與黃帝同時。
與黃帝、炎帝合稱為「中華三祖」。

第三十一回 希望的未來

小烈。

嗚嗚……
你體內的力量被我吸走了大概有一半，現在感覺怎麼樣？
……有點空虛，也有點困惑。

就算是神，我也殺給你看！
我不懂，你為什麼要幫我？是我帶領蚩尤一族，和渾沌一起覆滅了天庭……
我只是不想再失去更多了……就和你一樣。

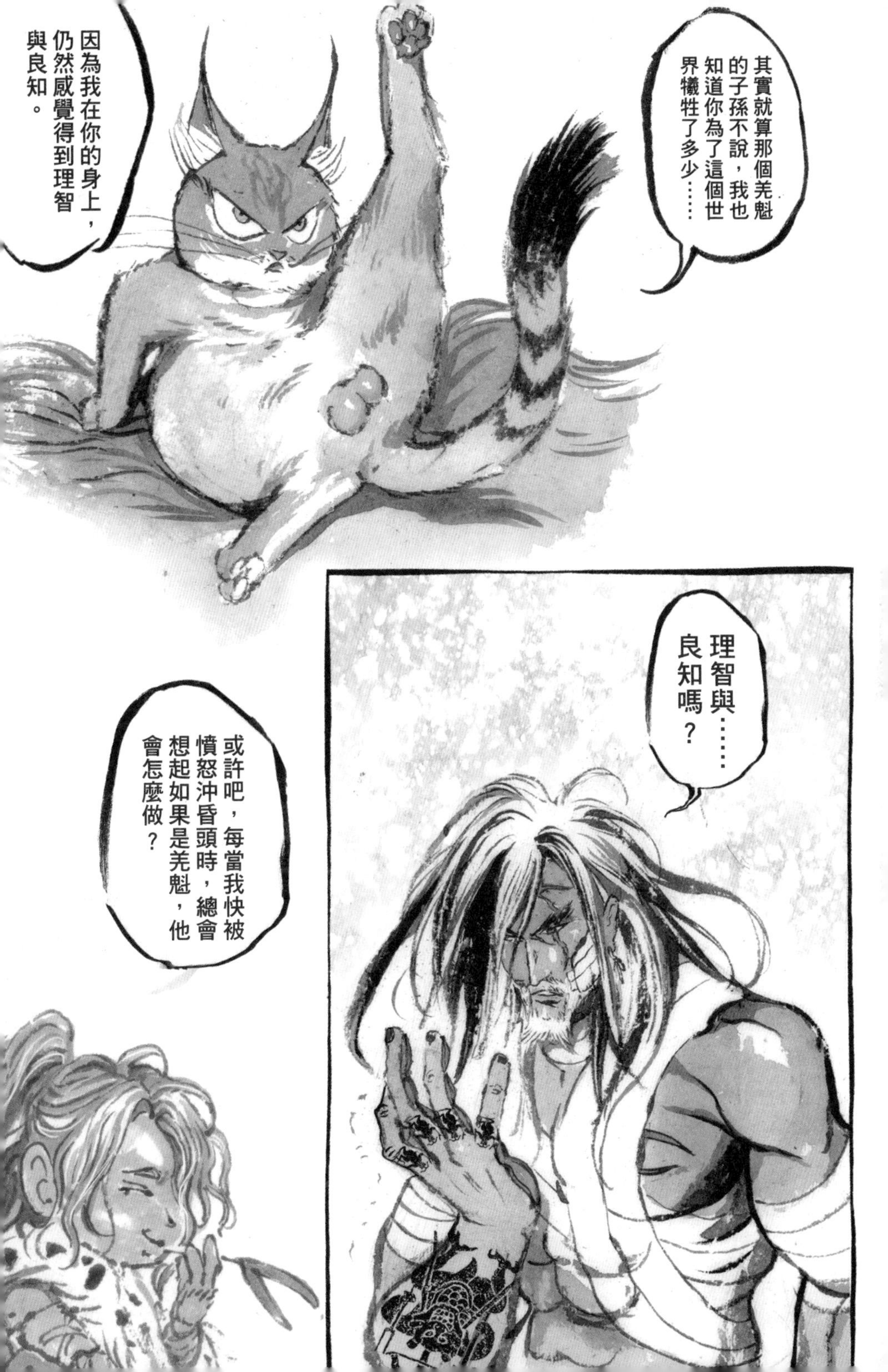
其實就算那個羌魁的子孫不說，我也知道你為了這個世界犧牲了多少……
因為我在你的身上，仍然感覺得到理智與良知。
理智與……良知嗎？
或許吧，每當我快被憤怒沖昏頭時，總會想起如果是羌魁，他會怎麼做？

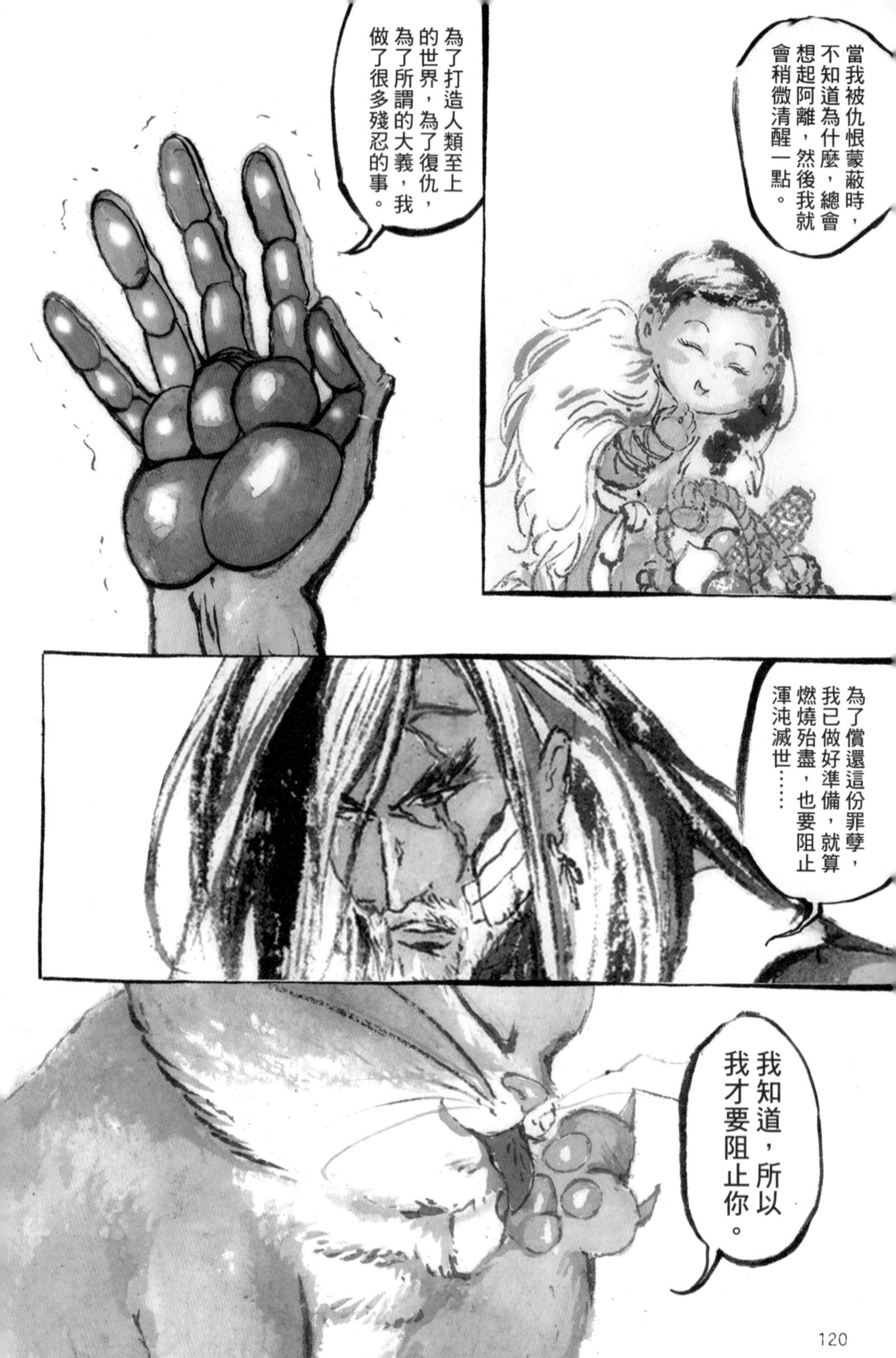
當我被仇恨蒙蔽時，不知道為什麼，總會想起阿離，然後我就會稍微清醒一點。
為了打造人類至上的世界，為了復仇，為了所謂的大義，我做了很多殘忍的事。
為了償還這份罪孽，我已做好準備，就算燃燒殆盡，也要阻止渾沌滅世……
我知道，所以我才要阻止你。

……你是為了保護我才想擊敗我？
休息吧小烈。
渾沌就由我來對付！
師父……

喵喵喵～～

總算找到你了，艾潔……

桔子他們也在等妳回去……
苡潔並沒有聽從渾沌爪牙——鳳鴻的話，回來找蚩尤一族報仇。
而是將自己藏起來，避免自己再次受到傷害。
桔子……

妳不孤單……苡潔。
回到我身邊吧，女兒……
我對妳所做的一切，對不起……
保護身邊的人，這是師父教我的。

「戰爭」結束了。
布布和尤烈和解，並在提倡和平的鯀仙道傳人見證下，為蚩尤一族的未來訂定了新的方向。
停止一切對神魔的非人道實驗，釋放所有被濫捕的神魔。

蚩尤的道路，
將從統治轉為守護．
守護兩個至關重要的人
這是為了戰力平衡。「天機之女」將回到日常生活……
由九棘和蜃揚帶領隱部、禦部，和古蜀動物靈軍團一起暗中守護。
而我們這邊則是別動隊，負責以巴蛇為行動基地來巡守世界、監視渾沌可能的行動……

渾沌目前躲在天庭裡，
不斷在世間暗中做亂。
並試圖抓走雨璇，開啟
天機之力。
眾人決議，等徹底做好準備，
蓄積力量後，再由現在唯一能
打開天庭通道的神族——貅，
開啟通道，結合眾人之力與渾沌一戰。
天庭之鑰——貅（附帶衝一發），
和天界之鑰——雨璇，就是這個
開門計畫的核心，將會受到最嚴
密的保護。

另一方面，身為最強戰力的布布、尤烈師徒，則踏上了尋求力量的旅程……
布布……你一定要注意安全喔！
沒問題，如果那些神靈還有意識，我們會提出邀請，而不是直接吞噬。
蚩尤族長，你們尋找的神靈，雖然絕大部分都已喪失神智，但希望你們在吸收前，還是先確認一下……

衝三發解讀穌仙道祕笈後，終於明白「神靈」的真面目。
人死之後為鬼，而神族和妖魔死後，則有機會化為「神靈」，在天地間遊蕩……
放心吧，雨璇。等我回來一定會累積足夠的力量，徹底打敗渾沌。妳自己也多保重。
師父，該走了……

折翼天使……
預言中有那麼一段，絕望的最終之戰不可避免，而折翼的天使將會帶來最後的希望之光。
?
所以我才會在抓到貅之後，打算直接進攻天庭……但現在看來，我好像解讀錯了。

最後的希望之光，
指的應該是你才對。
聽不懂。
總之我們盡快多蒐集一些神靈之力，早點打倒渾沌吧。
是的……猞猁師父。

斗笠只是借你戴而已，等等要記得還我！淼～

爸爸、桔子！我回來了！
喵、喵～

第三十二回 新危機

書包先放著，準備吃晚飯吧。今天吃魚喔，隔壁的九棘先生說釣了不少魚，送我們幾條。
好。
自從和布布分開後，不知不覺……已經過了一年。

桔子走開！這不是給你吃的！
森森！
一年前的混亂已被徹底平息。
大家的記憶，包括爸爸的，都被蚩尤一族費心修改。忘了一年前的事故，我和爸爸的關係，比以前好很多。

蚩尤一族和古蜀動物靈們為了保護我，在我的生活周遭建立起防禦網。
他們有的在學校當老師。
核電歸零
有的搬進我住的大樓裡，當我的鄰居，有的則是在我常走的路上巡邏，徹底融入我的生活。
笨月月～
喵～
毒管嚴～

一趟搭著巴蛇在世界各地
巡視，他們阻止了好幾次
渾沌暗中的行動。

布布和尤烈族長則是踏遍
世界各處的神祕之地，
尋找神靈之旅，
頗有收穫……

大家都在努力，我也得加油才行。
為了保護爸爸、保護大家，也保護布布……我不能永遠待在被保護的位子。
從蚩尤一族那裡，我得到了許多關於當年天庭的祕密紀錄……
淼～
造化玉簡是天庭的法寶，由天地而生，詳細而確實地記載了神族的起源到天庭覆滅前的歷史。

我意外發現，有許多蚩尤一族的古文專家無法解析的資料，我卻能輕易地解讀出來。
用我的「能力」。
這些玉簡記載了各種天庭的祕辛，雖然我看不懂上面的文字，卻可以透過我的能力，直接讀懂文字的意涵……
唔……

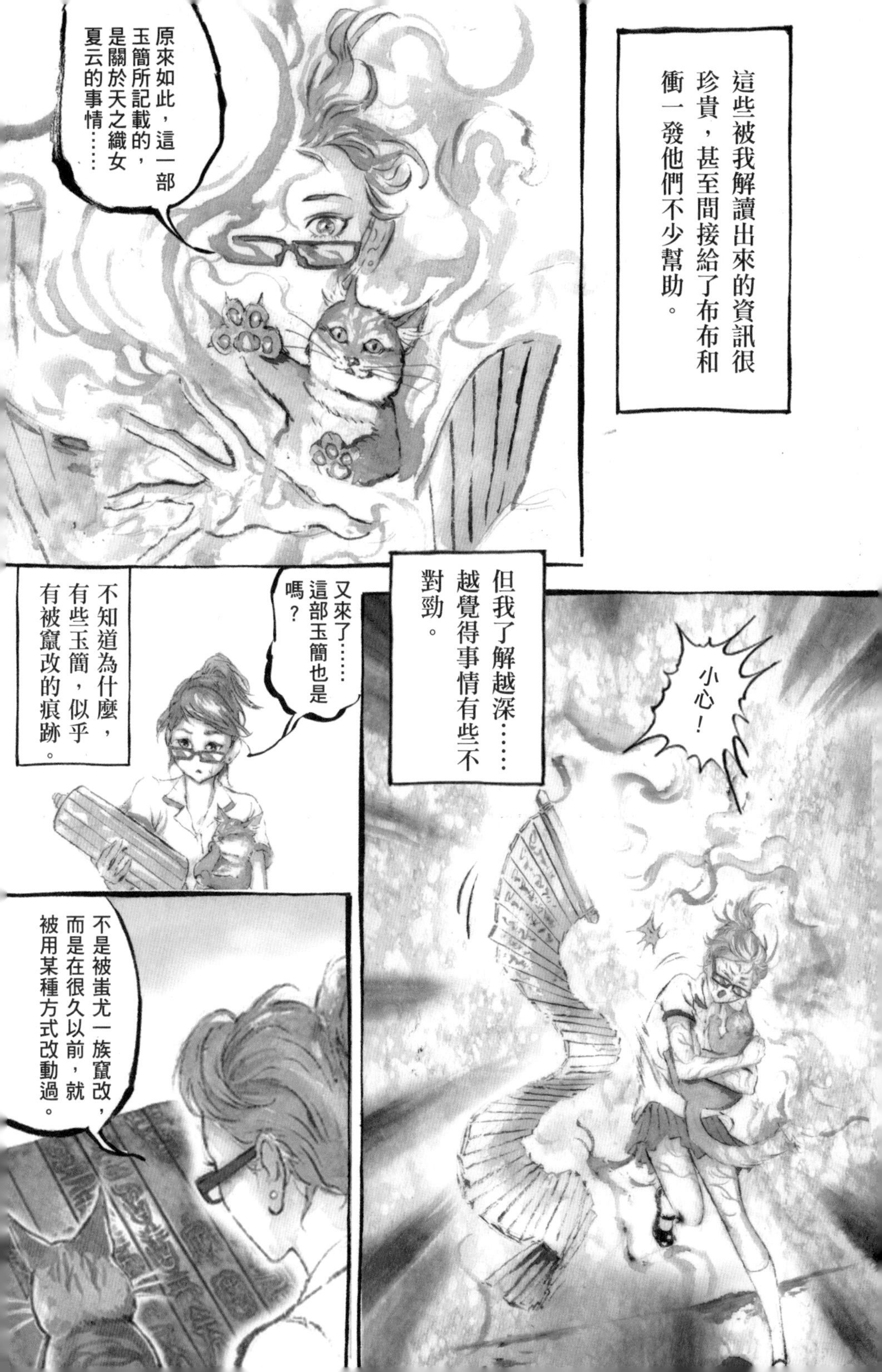
這些被我解讀出來的資訊很珍貴，甚至間接給了布布和衝一發他們不少幫助。
原來如此，這一部玉簡所記載的，是關於天之織女夏云的事情……
但我了解越深……越覺得事情有些不對勁。
又來了……這部玉簡也是嗎？
不知道為什麼，有些玉簡，似乎有被竄改的痕跡。
不是被蚩尤一族竄改，而是在很久以前，就被用某種方式改動過。
小心！

造化玉簡是「世界的記憶」，
如果被修改過，代表有某種可怕的力量，蒙蔽了這個世界，欺騙了所有人……
奇怪，根據貅的說法，造化玉簡是不可能被修改才對……淼～

桔子!? 你怎麼了?
有入侵者！第一、二防禦網被突破了，對方速度很快！保護天機之女！
有壞人！喵！

颯

七星山金字塔，卦象門交界處。

抱歉，雨璇……但我必須這麼做。
渾沌，等我……我馬上將天機交給妳。

山海經

咸豐十一年立冬，我以清朝大使的名義出使法國，做藝術交流。
事實上我是以穌仙道傳人的身分，將四散在世上的妖魔收服，並記錄於我族祖先所密傳的山海經之中。
沒想到卻在法國，找到了我族祖先的神劍——禹劍。且竟然是在收妖戰神猞猁手上……
藉此，我打算利用牠來收服妖魔，完成我的山海經圖卷……
哇啊啊啊啊！

哇嗚！哇嗚！
哇啊！哇啊！
別哭，馬上讓妳回媽媽身邊。
謝謝你救了我的女兒……
舉手之勞，不謝。
他是天主的使者。
是一隻貓外形的天使。

什麼!?
可惡!
為什麼要攻擊我?
怎麼可能?你也會伏魔肉墊掌!?

你太出風頭，胡姬吃醋了。
吃醋？
……胡姬，那天，也是這樣下雪的日子……

山海
山海
山海
喵淼喵！

爺爺找到了！胡姬在這裡！
喵淼喵！
喔呵呵呵？
活下去……
活下去！羽蘭，帶著衡家自古流傳的經書，還有我給妳的毛筆，用妳的方式將所看到的記錄下來。
山海經
找到拿著我族禹劍的那隻貓。

哈哈哈！
嘿嘿，胡姬，再多踏一點！
不要玩了啦！等一下爺爺回來就慘了！

你們在做什麼!!
保羅，我不是說了，不准再抽菸斗！
快跑！
孩子，妳還好嗎？感覺如何？
我是郎艾爾神父，妳叫什麼名字？
衝羽蘭。
我的經書跟毛筆在哪？
異色瞳……真是不可思議，妳竟然有著和胡姬一樣的瞳孔顏色，妳們兩個真有緣！

這是我的爺爺郎世寧，右邊的小孩是我，旁邊是胡姬。
我小時候也是被胡姬找到的。
據說牠很早以前就跟在我爺爺身邊了……幫了我爺爺不少忙。
在主的蒙召之下，他收養了很多失去親人的孩子，並帶著我們跟他一起學畫畫。
去洗個熱水澡！
和我們一起畫畫吧！
胡姬不要鬧了！

這是妳的書和筆。
哇喔喔喔喔！
這些是羽蘭畫的嗎？
不是，是我祖先畫的……
爺爺，她畫的好奇怪唷！
刑天
這是什麼動物？

嗯嗯嗯嗯！畫得很棒！
什麼!?
畫畫最重要的不是畫得多像，而是畫出你心裡最真實的情感。
我的爺爺花了大半輩子在學習中國畫的精髓，卻還是無法參透其中的奧妙……
氣韻生動……
上帝創造了事物的美，我們再用自己的感受將這份美表現出來。

喔呵呵，這樣我們人類不就僅僅在做二次創作了嗎？
爺爺什麼是二次創作？
太好了，看來羽蘭很快就融入大家……
郎世寧先生，你會以我為榮嗎？
嗚嗚嗚……

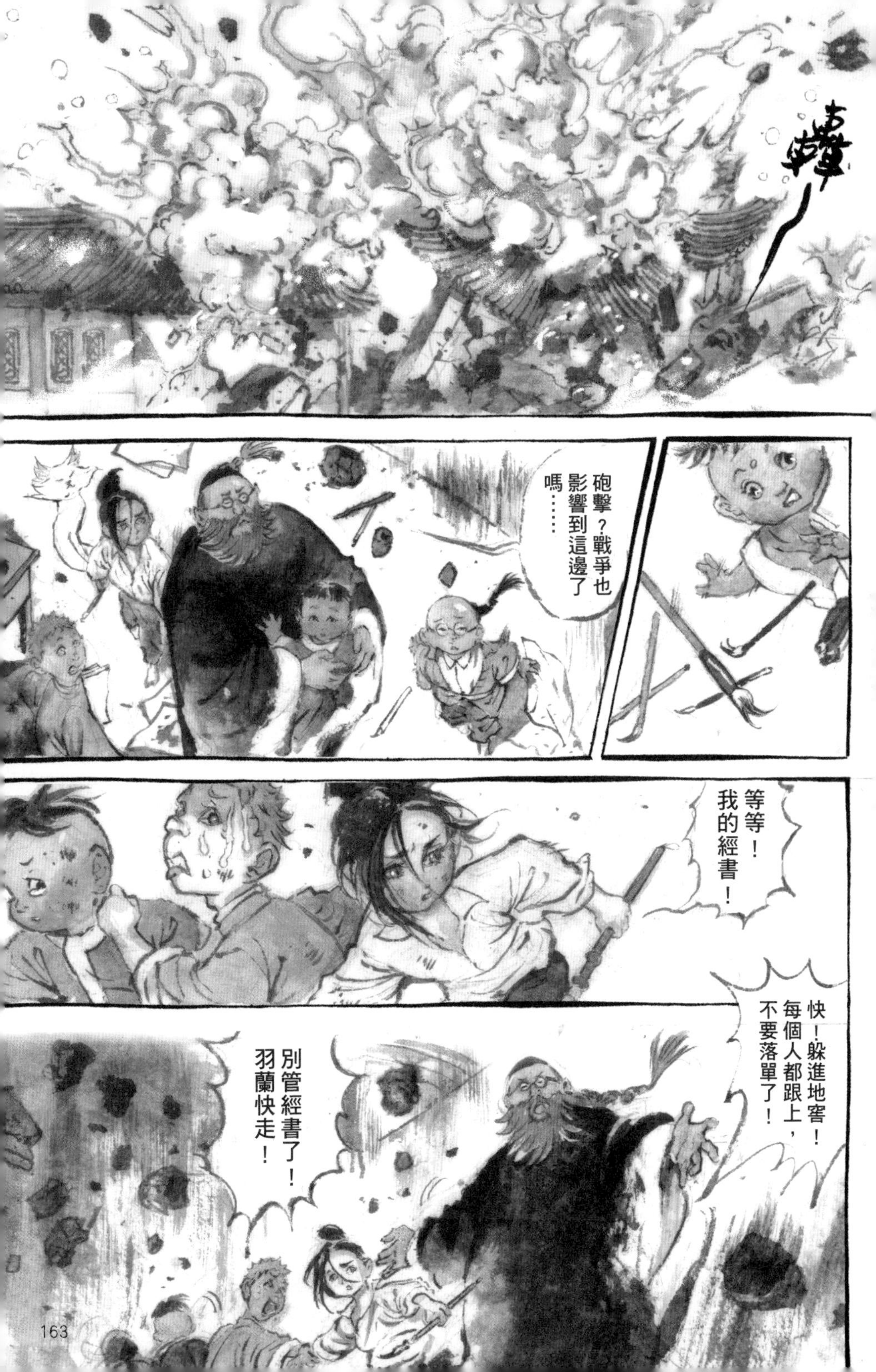

轟
砲擊？戰爭也影響到這邊了嗎……
等等！我的經書！
快！躲進地窖！每個人都跟上，不要落單了！
別管經書了！羽蘭快走！

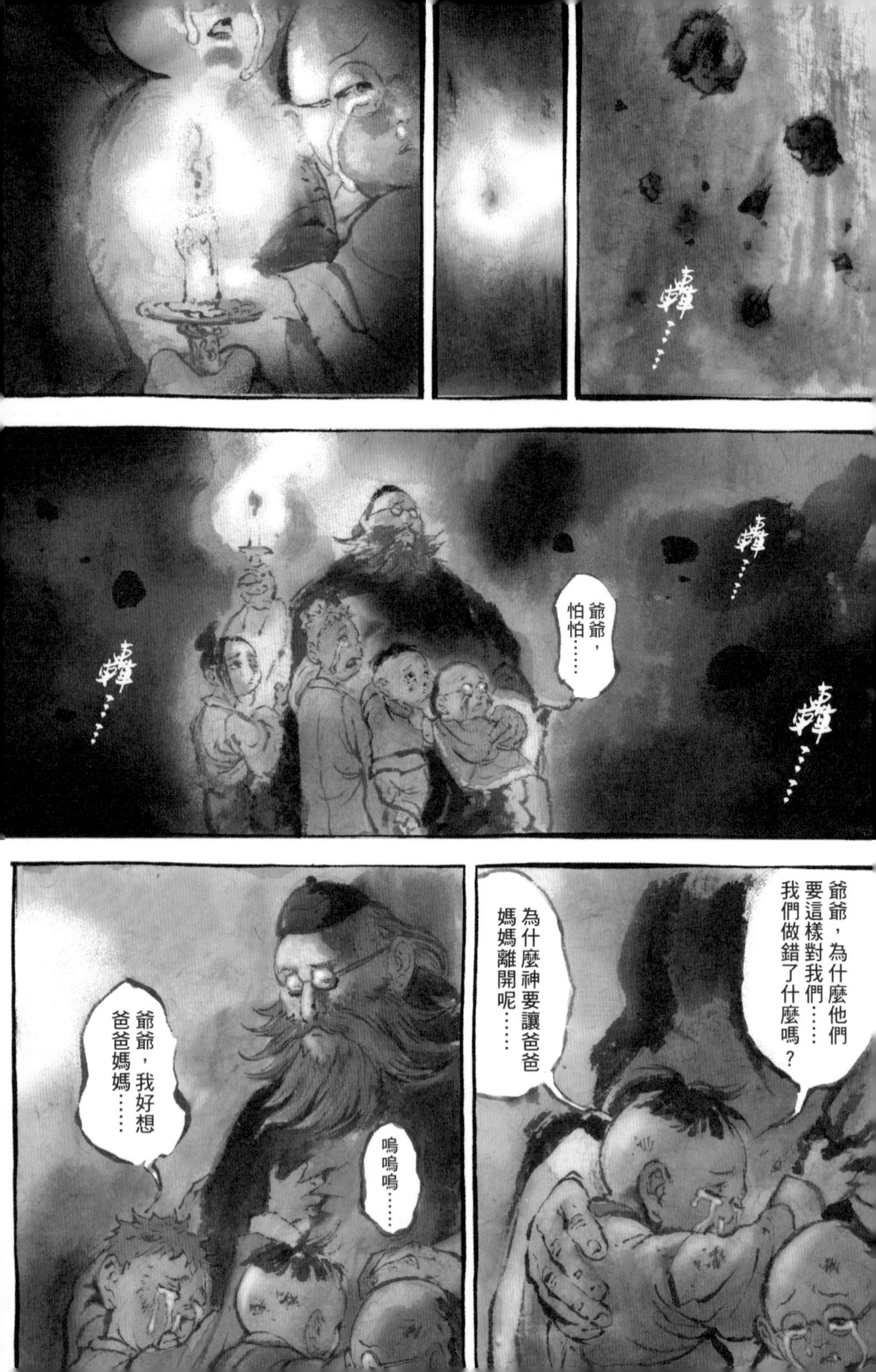
轟……
轟……
爺爺，怕怕……
轟……
轟……
爺爺，為什麼他們要這樣對我們……我們做錯了什麼嗎？
為什麼神要讓爸爸媽媽離開呢……
爺爺，我好想爸爸媽媽……
嗚嗚嗚……

胡姬!?
胡姬不見了!
羽蘭!不要出去,外面很危險!
不能再失去更多了!
我們……只剩下彼此了……
胡姬!你在哪?
胡姬!

這是……
長著獠牙的巨獸……這是檮杌？
之前在爸爸的書裡面看過……莫非書裡畫的妖怪都是真的？

蚩尤的標誌也和書裡的一樣……
胡姬！你在哪？
胡姬！
我知道你還活著！胡姬！

戰爭奪走了我的爸爸媽媽，對我來說，你們已經是我的家人……
我不能再失去任何一個人了……
我已經一無所有了……
一無所有了……

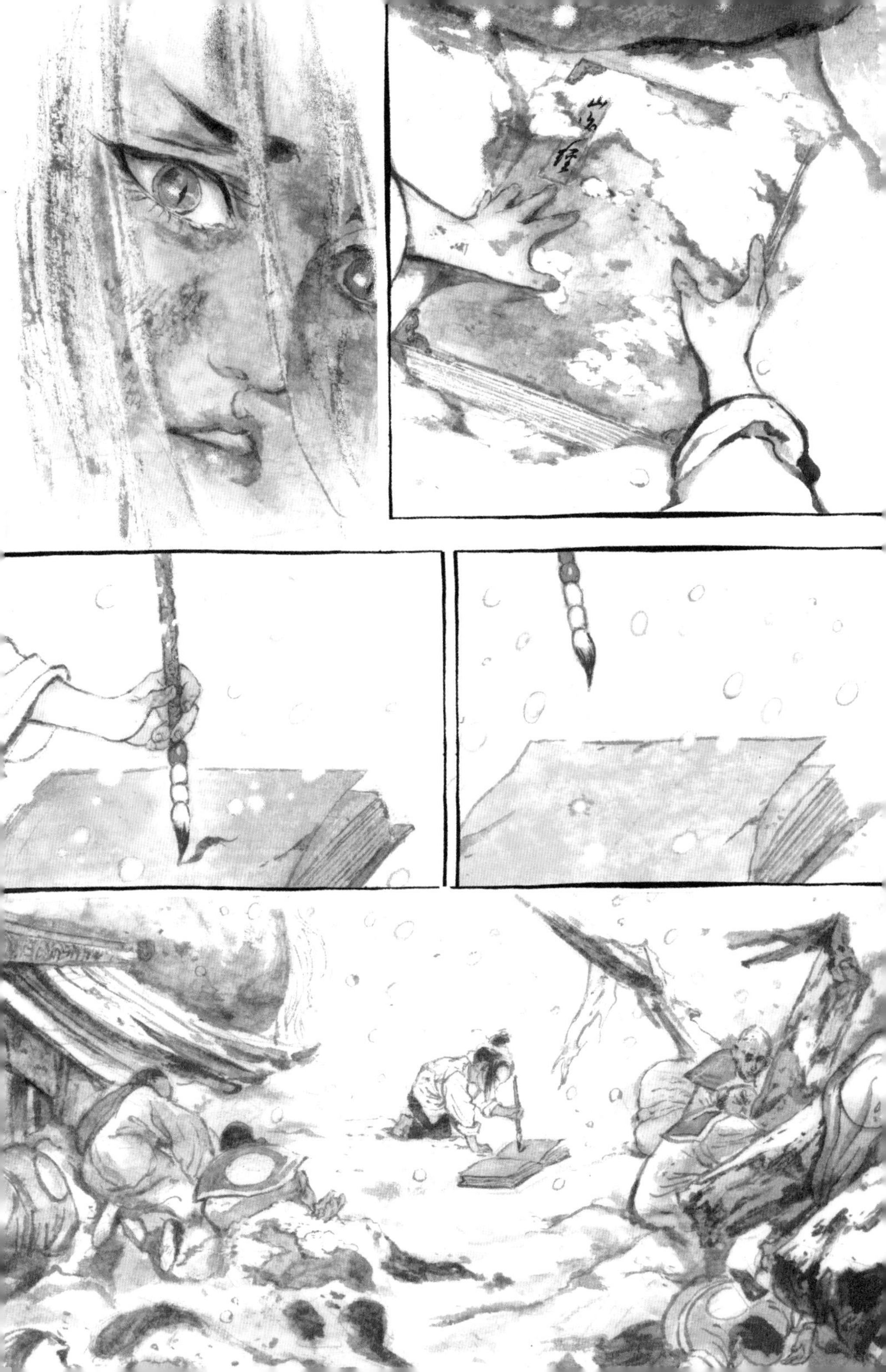
山海經

當我一無所有時，
只剩下畫畫。

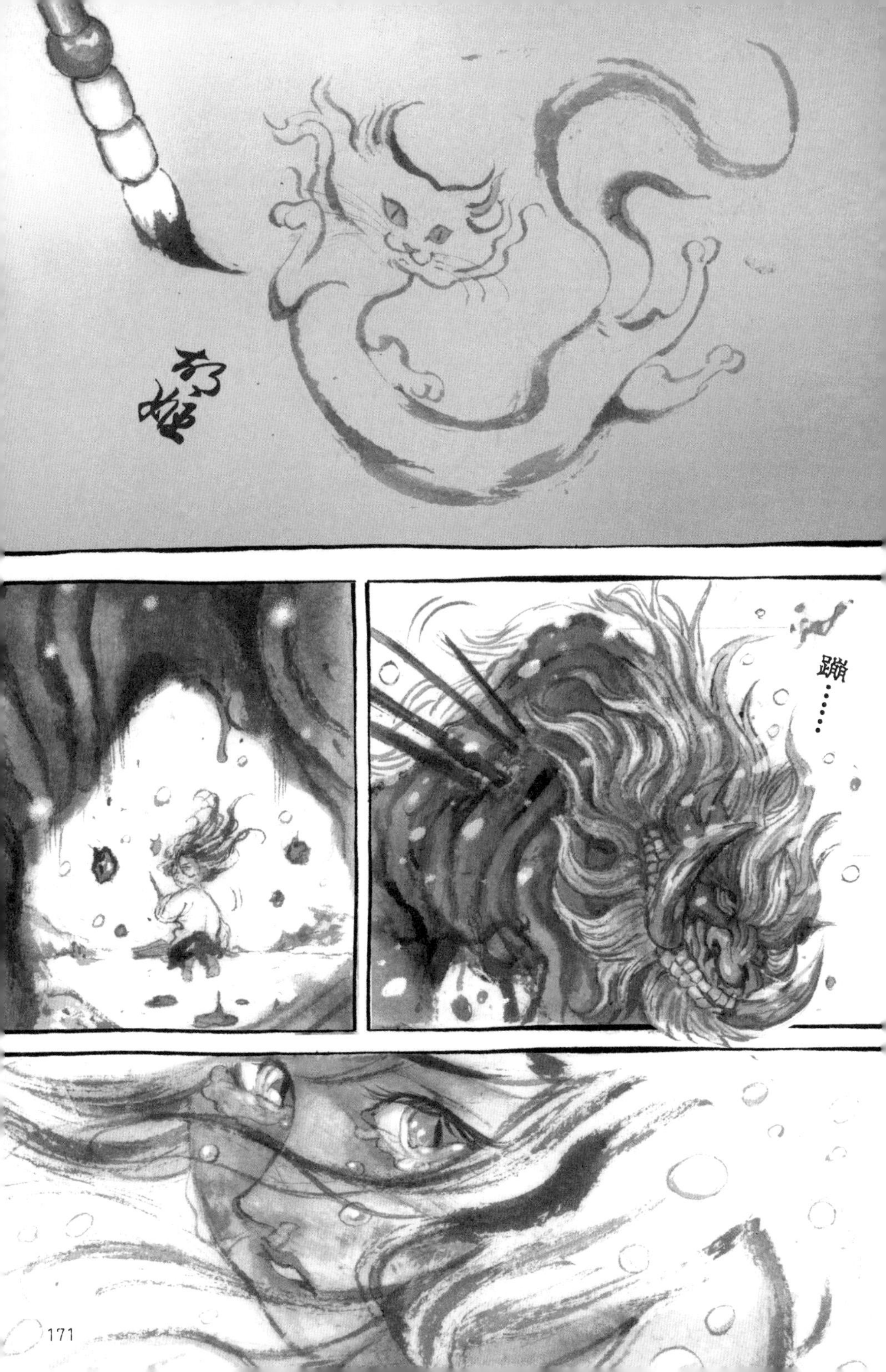
蹦……

聚靈畫眉沒骨法，又被這個法術召喚了……
和以前一樣……做出這樣的選擇，妳果然是穌仙道的後人……

我就繼續陪著妳吧！
胡姬！

爺爺，羽蘭在那裡！
我和胡姬相遇的那一年……正是第一次鴉片戰爭爆發的那段日子，
我和郎艾爾神父、他所收養的小朋友們，以及胡姬，在那段艱困的日子裡一起生活著，
你是胡姬！
我們用畫畫來撫平戰爭所帶來的殘酷與痛苦。

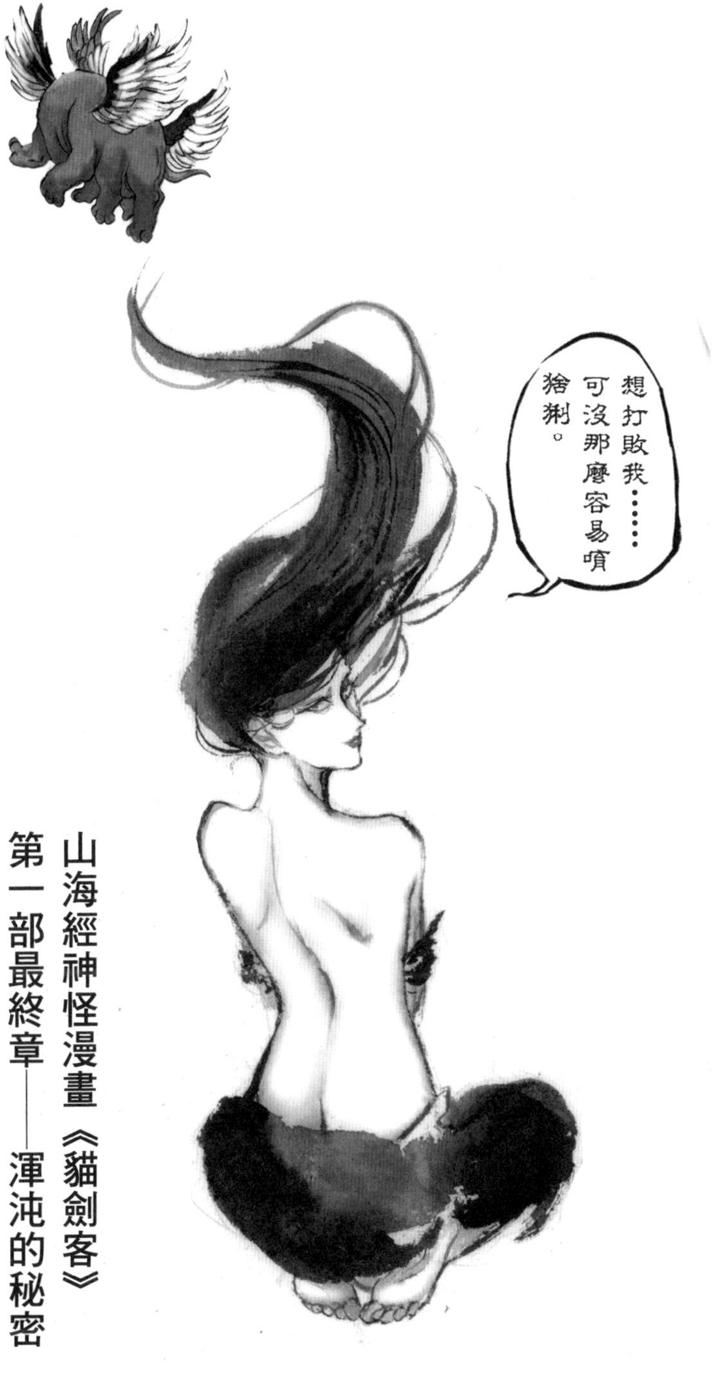

山海經神怪漫畫《貓劍客》
第一部最終章——渾沌的秘密
2019年・春，精采完結！

FUN系列054

貓劍客

卷六

作　者—葉羽桐
編劇協力—束心王
主　編—陳信宏
責任編輯—王瓊苹
責任企畫—曾俊凱
內頁排版—彭子安
完稿美編—執筆者企業社
編輯顧問—李采洪
發行人—趙政岷
出版者—時報文化出版企業股份有限公司
一〇八〇三　臺北市和平西路三段二四〇號三樓
發行專線—（〇二）二三〇六六八四二
讀者服務專線—（〇八〇〇）二三一七〇五．（〇二）二三〇四七一〇三
讀者服務傳真—（〇二）二三〇四六八五八
郵　撥—一九三四四七二四　時報文化出版公司
信　箱—臺北郵政七九～九九信箱
時報悅讀網—http://www.readingtimes.com.tw
電子郵件信箱—newlife@readingtimes.com.tw
時報出版愛讀者粉絲團—http://www.facebook.com/readingtimes.2
法律顧問—理律法律事務所　陳長文律師、李念祖律師
印　刷—詠豐印刷有限公司
初版一刷—二〇一九年一月十一日
定　價—新台幣三六〇元
（缺頁或破損的書，請寄回更換）

時報文化出版公司成立於一九七五年，
並於一九九九年股票上櫃公開發行，於二〇〇八年脫離中時集團非屬旺中，
以「尊重智慧與創意的文化事業」為信念。

貓劍客 6 / 葉羽桐著. -- 初版. -- 臺北市：時報文化，
2019.01　冊；　公分 (Fun 系列；54-)
ISBN 978-957-13-7665-3 (卷 6：平裝)

857.7

107002479

《貓劍客》（葉羽桐/著）之內容同步刊載於
LINE WEBTOON線上。
（http://www.webtoons.com/）@葉羽桐

ISBN 978-957-13-7665-3
Printed in Taiwan